Magwyd Sion Hughes ar Ynys Môn. Mae'n byw yng Nghaerdydd ers yr wythdegau. Yn briod â Mari, mae ganddynt dri o blant, Beca, Hanna ac Erwan. Mae'n gweithio i'r BBC. Dyma ei chweched nofel.

Diolchiadau:

Mae'r cyhoeddwr yn cydnabod cymorth ariannol Cyngor Llyfrau Cymru.

Diolch i Phil Rowlands a Stephen Timmins o Diamond Books am fentro mor anrhydeddus i gyhoeddi nofel Gymraeg ac i Kathleen Harryman am ei chymorth wrth gynllunio'r clawr.

Diolch i fy nghyn athro Cymraeg, Richard Parry Jones am ei feiro goch, John Roberts Llanfairpwll am gyngor parthed yr Eglwys ac i'r dewin Alun Jones am olygu. Diolch i'r hanesydd Tim Tate am gael manteisio ar ei waith ymchwil.

I fy mrodyr, Rhiryd, Rhys a Huw ac i gofio am ein cyfnod yn byw ymysg trigolion hynod Penmynydd.

Mae hon yn chwip o stori sy'n eich gorfodi chi i droi'r tudalennau ac yn eich arwain i lefydd hollol annisgwyl. Yn wir, wedi ei mwynhau.

Tudur Owen

Nodyn gan yr awdur am nofelau D.I. John:

Yn dilyn *Y Milwr Coll, Y Pumed Drws* a *Plant Magdeburg* dyma'r bedwaredd nofel sy'n dilyn y maferic o heddwas, D.I. John. Cyfres o nofelau hunangynhaliol ydynt. Does dim angen i'r darllenydd ymgyfarwyddo â'r gweithiau blaenorol i fwynhau hon – gellir ei mwynhau ar ei phen ei hun yn gwbl ddi-rwystr. Mae prif ddigwyddiadau *Llofrudd Llyn Llwydiarth* yn digwydd yn 1939 – ychydig fisoedd cyn yr Ail Ryfel Byd.

Er bod rhai o'r cymeriadau yn seiliedig ar bobl go iawn, ffuglen yw'r nofel.

Llofrudd Llyn Llwydiarth

Sion Hughes

Prolog
Llyn Llwydiarth, Ynys Môn.

Ar lan y llyn safai dyn yn aros am ei ddyweddi. Ychydig a wyddai fod gan ei gariad newyddion drwg iddo, gan ei bod wedi penderfynu gorffen y berthynas.

Pan welodd ei hwyneb roedd o'n amau bod rhywbeth yn y gwynt. Doedd dim sôn am y wên siriol arferol, a dweud y gwir, doedd o ddim wedi ei gweld hi'n gwenu ers tro.

Hi siaradodd gyntaf, gan geisio cuddio'r cryndod yn ei llais – doedd gorffen perthynas ddim yn beth hawdd, yn enwedig gan fod y ddau wedi sôn am briodi.

'Dwi wedi bod yn meddwl. Dwi eisiau gorffen y berthynas – mae'n flin gen i.'

Syrthiodd mantell o ddistawrwydd trist rhyngddynt. Yn y tawelwch tynnodd y ferch y fodrwy ddyweddïo o'i bys a'i rhoi iddo – dyna fu'r ddefod olaf rhyngddynt.

Wedi iddi adael, daeth tristwch, fel cwmwl coch o boen drosto a throdd i wynebu'r dŵr. Cododd ei fraich yn uchel ac yna lluchiodd y fodrwy i ddyfnderoedd y llyn.

Llofrudd Llyn Llwydiarth

Llofrudd Llyn Llwydiarth

RHAN 1

Llofrudd Llyn Llwydiarth

Pennod 1

D.I. John – yn llanc ifanc, yn gweithio mewn garej.

1915

I sŵn a thrydar yr adar mân, cerddodd y llanc i ganol y ffordd wag ger Caergybi a phlannu trwyn ei bicfforch i mewn i wyneb y lôn. Treiddiodd pob curiad o'i bicfforch wyneb meddal y lôn heb fawr o ymdrech. Yna, claddodd ddarn o bren yn llawn hoelion yn y twll. Taclusodd ar ei ôl gan adael yr hoelion i godi fel dannedd ffyrnig ar wyneb y lôn. Edrychodd tua'r ffurfafen, roedd hi'n dechrau gwawrio. Cipiodd olwg olaf ar ei waith cyn camu oddi ar y lôn.

Yng Nghaergybi, hwyliodd llong o Iwerddon i mewn i'r porthladd a dechrau gwagio ei chargo. Y peth cyntaf a ddaeth i'r lan oedd car *Rolls Royce Silver Ghost,* o liw glas tywyll, trawiadol. Roedd gan yrrwr y car hynod yma docyn dosbarth cyntaf a blaenoriaeth dros weddill y teithwyr. Gan ei fod yn Brydeiniwr ac yn berchennog ar ystâd yn Iwerddon – roedd o ar dipyn o frys i gyrraedd Llundain, felly taniodd injan ei gar crand a gyrru'n gyflym o borthladd Caergybi.

Ar y lôn, cerddai'r llanc, rhyw gan llath o'r hoelion, i gyfeiriad y garej trwsio ceir a oedd wrth ymyl y ffordd. Agorodd y drysau mawr pren a chlywodd lais y perchennog yn atseinio drwy'r adeilad.

'Gei di hanner coron os cawn ni gwsmer,' cynigiodd ei gyflogwr. Syniad y llanc oedd claddu'r hoelion yn y lôn – a chreodd y strategaeth fusnes llwyddiannus i'r perchennog, gan iddynt wneud arian da yn newid sawl teiar fflat.

'Na! Dwi isho deg swllt y tro 'ma,' atebodd y bachgen yn hyderus a heb edrych ar y dyn mawr, barfog a safai o'i flaen. Roedd hi'n amlwg bod y llanc yn teimlo bod ei gastia yn haeddu mwy o gydnabyddiaeth ariannol erbyn hyn.

'Na, hanner coron ac i'r diawl â ti,' mynnodd y perchennog.

Mewn gwirionedd, doedd perchennog y garej yn gwybod fawr ddim am y llanc ifanc. Doedd o ddim hyd yn oed yn gwybod ei enw, nac o ba bentref roedd o'n dŵad. Un bore, rhai wythnosau ynghynt, daeth y llanc ifanc gyda'r llygaid gleision, trawiadol i eistedd ar y wal gyferbyn â'r garej. Busnes gofaint oedd gan y perchennog yr adeg hynny. Gwyliodd y llanc ffermwyr lleol yn mynd a dod gyda'u ceffylau i bedoli gan dalu ond ychydig geiniogau yn unig.

'Pam 'da chi'n cyboli efo'r ceffyla? Ceir ydy'r dyfodol. 'Da chi ar y lôn fawr ac felly mewn lle perffaith i agor garej.'

Dyna ddwedodd y bachgen wrtho a doedd dim angen llawer o berswâd ar y perchennog, gan i'w waith fel gofaint, fod yn fusnes sâl ers tro bellach. Mater go hawdd oedd addasu'r adeilad a rhoi arwydd newydd uwchben y drws yn dweud '*We Care for your Car*'.

Aeth y perchennog at y drysau mawr a syllu i gyfeiriad Caergybi yn y pellter; rhwbiodd ei ddwylo'n eiddgar wrth glustfeinio am sŵn injan car.

''Sgwn i pwy nawn ni ddal yn ein rhwyd heddiw, 'ngwas i?'

Mewn llai na munud, fel pry copyn yn synhwyro gwybedyn yn ei we, clywodd sŵn injan car; yn y pellter a gweld cerbyd yn nesáu o gyfeiriad Caergybi ac yn dod ar dipyn o gyflymder. Roedd 'na wastad un fel hyn. Wastad un oedd yn mynnu rasio er mwyn bod y cyntaf i adael y porthladd.

'Da iawn 'y machgen i – mae'r sioe ar fin cychwyn! Amynedd yw mam pob doethineb.'

Ciliodd y perchennog yn hyderus i mewn i'r garej wrth aros am ei gwsmer.

Wrth wibio dros yr hoelion yn y lôn ystumiodd trwyn y car ychydig cyn cywiro ei hun a pharhau ar ei daith. Roedd yr hoelion wedi rhwygo drwy'r teiar flaen a lledodd gwên lydan ar wyneb perchennog y garej wrth i'r car mawr arafu a dod i stop o flaen y garej. Daeth y gyrrwr allan o'r cerbyd er mwyn archwilio cyflwr y car; ar ôl gweld y teiar fflat ciciodd yr olwyn flaen fel petai o'n beio popeth ar ei fodur.

Aeth y llanc ifanc i gyfarch y dyn ac i gynnig gwasanaeth y garej iddo. *'Look Sir. Here is garage.'* Dwedodd gan bwyntio at yr arwydd uwchben y drysau. Gwyddai'r llanc fod y dyn mewn dipyn o bicil gan fod newid olwyn car yn waith caled. Cipiodd y dyn olwg sydyn at ei oriawr.

'How much?'

Cyn i'r llanc gael cyfle i'w ateb daeth llais mawr y perchennog i ddechrau'r bargeinio.

'Two pounds and the lad will wash your car and put petrol while you're waiting.'

Cipiodd y llanc ifanc olwg blin i gyfeiriad y perchennog ar ôl clywed am ei dasgau newydd. Yn bur anfoddog, cytunodd y dyn a thynnodd waled yn drwch o bapurau punt o'i boced a thalu.

Tra aeth perchennog y garej ati i osod olwyn sbâr, arllwysodd y llanc alwyn o betrol i'r tanc ac yna llenwodd fwced a aeth ati i olchi'r car. Sylwodd y llanc fod y dyn yn dal i edrych ar ei oriawr; roedd hi'n amlwg fod ganddo fusnes go bwysig yn aros amdano ym mhen ei daith.

'*Won't be long I hope?*' dwedodd y dyn yn llawn gobaith.

Ar ôl i'r perchennog osod yr olwyn newydd, tynnodd y dyn sigarét o'i boced ond methodd â chanfod matsien i'w thanio.

'*Run and get me a light, there's a good chap?*' dwedodd y dyn wrth y llanc ifanc.

Gwelodd hwnnw y cyfle y bu'n aros amdano ers gweld y waled drwchus rai munudau ynghynt a rhedodd i nôl matsien o'r garej. Aeth at y dyn a thanio blaen ei sigarét gan wneud yn siŵr fod yn rhaid iddo wyro ei ben tuag ato. Sleifiodd y llanc ei law yn gelfydd a chyflym i'w boced. Roedd y cyfan drosodd mewn eiliad. Bu'r llanc yn ymarfer ei grefft ar ddocars meddw Caergybi ers iddo fod yn ddim o beth, ond chawsai o erioed y fath wobr â hon.

Welodd perchennog y garej mohono fo wedi hynny. Diflannodd y llanc fel niwl y bore!

Pennod 2
1920

Roedd y llanc drygionus bellach yn ddyn ifanc cyhyrog. Er mwyn goroesi mewn byd o ddiweithdra roedd o wedi troi at y farchnad ddu. Ystyriai ei hun fel gŵr ifanc mentrus ac un sy'n gorfod addasu a chadw llygad barcud am y cyfle nesaf.

Er mwyn llwyddo yn y byd tywyll hwn, dysgodd ddefnyddio ei holl synhwyrau fel y medrai elwa ar bob mantais y rhoddodd ei greawdwr iddo. Wrth wrando ar ei synhwyrau'n astud, dechreuodd weld pethau nad oedd wedi sylwi arnynt cyn hynny. Dysgodd sut i ddehongli a darllen pobol. Dysgodd adnabod celwyddau drwy chwilio am y cliwiau bach. Adnabod celwydd drwy syllu yn y llygaid a sylwi ar y ffordd y symudai person ei ddwylo wrth siarad. Penderfynu pwy oedd yn dryst, dyna oedd y dasg anoddaf. Roedd hi'n haws rhagdybio'r tywydd nag adnabod y drwg ymysg ei rwydwaith o gysylltiadau.

Roedd person a ymddangosai'n ddiniwed ar yr olwg gyntaf yn gallu bod yn berson gwahanol iawn mewn gwirionedd. Buan y datblygodd y gallu i adnabod ei elynion yn gyflym iawn. Fel pob rebel, ei ofid mwyaf oedd y bradwr ymysg ei ffrindiau. Er ei fod yn chwarae gêm beryglus, roedd o'n cael cic a gwefr wrth herio'r drefn. Y peth pwysicaf oll oedd adnabod ac osgoi'r rhai oedd yn fodlon ei fradychu am gildwrn.

Heddiw, eisteddai wrth fwrdd o flaen un o dafarndai Caergybi, yn gadael i'w lygaid grwydro'n araf dros y dociau, rhag ofn bod rhywun yn cuddio yn y cysgodion. Yr Heddlu, awdurdodau ym myd y tollau, neu ryw elyn anweledig arall. Rhaid bod yn ofalus, er na chawsai ei ddal na'i erlyn erioed, hyd yn hyn.

Wrth ei draed roedd ganddo'i *gontraband* diweddaraf – bocs mawr yn llawn o sigârs o Ciwba. Roedd o yno heddiw yn ceisio eu gwerthu. Taniodd un ohonynt. Chwythodd gwmwl i'r awyr. Doedd smocio ei nwyddau crwca ei hun ddim yn beth anghyffredin a dweud y gwir, hysbysebu oedd hyn i ddenu cwsmeriaid.

Gadawai i'r oglau melys ledu dros y dociau fel arwydd i bawb oedd yn pasio, bod y nwyddau ar werth. Roedd porthladd Caergybi'n fagnet i nwyddau tebyg. Bob dydd, deuai nwyddau o bob cwr o'r byd ar y llongau a syrthiai ambell focs i ddwylo blewog yr hogiau lleol.

Daeth perchennog y dafarn draw ato a chynnig papur newydd iddo. Roedd y tafarnwr eisiau dangos ei werthfawrogiad, gan iddo dderbyn un o'r sigars bendigedig am bris gostyngol.

Agorodd John y papur newydd a sylwi bod rhywun wedi rhoi cylch o amgylch hysbyseb. Heddlu'r Met yn Llundain yn hysbysebu bod swyddi ar gael yno. Roedd yr alwad am ddynion ifanc, ffit, dros eu dwy lath. Sgwariodd a sythodd ei gefn fel petai'n mesur ei hun yn erbyn y disgrifiad. Rhwygodd yr hysbyseb, chwalodd ben y sigâr i mewn i'r bwrdd a gadael gyda'i focs o sigars o dan ei fraich.

A dyna sut y daeth y llanc yn heddwas. Ymunodd â Heddlu'r Met ac ymhen amser daeth yn un o'r heddweision mwyaf llwyddiannus – o leiaf o ystyried yr ystadegau. Serch ei lwyddiant, ystyriai ei benaethiaid ef fel hen ddiawl anufudd, na fyddai byth yn canu o'r un llyfr emynau ag ef.

Cwestiwn parhaus ar feddwl ei benaethiaid oedd, sut ddiawl y llwyddai'r maferic hwn ddal cymaint o ddynion drwg? Yr ateb syml oedd oherwydd iddo fod yn un ohonynt! Ie, dyn drwg ymysg dynion drwg y bu o fel llencyn ifanc, felly tebyg yn adnabod ei debyg ydoedd!

Ar ôl cyfnod yn Llundain daeth ei alltudiaeth i ben. Gadawodd y Met ac ymunodd â Heddlu Ynys Môn a chafodd ddyrchafiad a theitl newydd – D.I John.

Pennod 3

Mehefin yr 2il 1939 - ychydig fisoedd cyn yr Ail Ryfel Byd.

Ar Ynys Môn, ar y lôn gefn, rhwng Porthaethwy a Llangefni, mae pentref gwledig Penmynydd – lle nad oes fawr ddim yn digwydd yno. Distaw yw'r ffordd sy'n troelli drwy'r plwy a thawel hefyd yw'r lonydd bach sy'n crymanu oddi arni, fel bysedd hen wraig, gan estyn i gyfeiriad y ffermydd a'r bythynnod unig.

Heno, yn dilyn y machlud coch, melyn ac oren, roedd y golau'n pylu. I gri hudol y gylfinir, dringodd y lleuad yn dyner dros gopaon Eryri a thaflu gwawl hudol dros y tir. Ar wahân i gyfarthiad ambell gi yn cario yn y gwynt, roedd pobman yn dawel. Yn y golau gwan, fel actorion ar lwyfan, ymddangosai creaduriaid y nos ar y tir – dyma awr y llwynog a'r ystlum.

O flaen Capel Gilead safai car yr heddlu, *Morris Fourteen* newydd sbon danlli. Ynddo, eisteddai D.I. John yn cael smoc, wrth gadw llygad ar y lôn wag o'i flaen. Dyn tal a chyhyrog gyda llygaid llwydlas ydyw a chanddo fop o wallt du afreolus, sydd wedi dechrau britho ychydig bach. Gyda'i ddulliau anghonfensiynol a'i syniad unigryw ei hun o gyfiawnder, roedd gan yr heddwas enw fel tipyn o gamster ymysg ei gydweithwyr. Y math o heddwas fyddai'n dial yn ei ffordd unigryw ei hun ar feddwyn fyddai'n colbio ei wraig yn ei ddiod, drwy roi llygad mawr du i'r bwli – codi cywilydd arno ac anfon neges i bob diawl arall fyddai'n ystyried curo'i wraig.

Ei wobr am ei ddulliau anghonfensiynol oedd cael ei wthio o'r neilltu i wneud lle i heddweision uchelgeisiol fel D.I. Parry. Fo fyddai'n cael yr achosion pwysicaf i gyd erbyn hyn; yn aml iawn câi D.I. John ei gadw yn eistedd tu ôl i'w ddesg yn gwneud gwaith papur diflas yn y swyddfa, neu dasgau bach syml fel y gwnâi heno ym Mhenmynydd.

Prif Gwnstabl Heddlu Ynys Môn oedd wedi ei anfon yno ar ôl derbyn cwyn gan un o'r gwragedd lleol. Yn ôl y wraig, wrth iddi gerdded adref yn y tywyllwch, daeth cerbyd o rywle a dechrau ei dilyn gan ei dychryn yn drybeilig. Rhedodd nerth ei thraed ac yn ffodus, roedd hi'n ddigon agos at ei chartref i gyrraedd a chau'r drws yn glep ar ei hôl. Gan nad oedd y wraig wedi gweld y dieithryn, doedd gan D.I. John ddim unrhyw syniad yn y byd sut byddai'n bosibl dod o hyd iddo.

Rhegodd dan ei wynt – doedd o ddim wedi gweld yr un enaid byw ers iddi nosi. Aeth i boced ei gôt ac estyn copi o'r *Daily Telegraph* a darllen y penawdau yng ngolau gwan y lleuad. *British Sub HMS Thetis helpless in Irish Sea.* Bu nifer o'i gyd-weithwyr yng ngorsaf yr heddlu yng Nghaergybi yn trafod y ddamwain yn gynharach y noson honno. Ychydig filltiroedd o Landudno aeth HMS Thetis i drafferthion wrth iddi wneud ymarferion. Er i fadau achub o Foelfre a Llandudno achub pedwar o'r morwyr, roedd dros nawdeg o ddynion yn gaeth o dan y dŵr.

Cyn rhoi'r papur yn ôl yn ei boced, cipiodd olwg sydyn ar weddill y penawdau. Roedd rhyfel yn y gwynt a sylwodd fod pob yn ail stori yn cyfeirio at y fyddin, y llynges, neu Adolf Hitler. Digon oedd digon ar ddarllen am ryfela ac ar aros mewn lle diarffordd, heb weld neb! Petai o'n gadael rŵan, efallai byddai modd cael peint cyn *last orders* yn ei dafarn leol yn Rhosneigr. Taniodd yr injan, sythodd y drych a gyrru am adref.

Rhai munudau ar ôl i'r heddwas adael daeth sŵn cerbyd arall i darfu ar y tawelwch. Troellai'r car drwy'r ardal, y lampau yn goleuo'r lôn a llygaid y gyrrwr yn gwibio'n ddibaid. Yn y cerbyd hwn roedd heliwr llawer mwy peryglus na'r anifeiliaid sy'n crwydro'r nos. Wrth i'r cerbyd nesáu, cyflymodd calon y gyrrwr wrth i'w ddwylo wasgu'r olwyn yn dynn yn llawn dyhead. Am oriau, bu'n chwilio, yn wir yn ysu am daro ar draws merch ifanc yn cerdded adref ar ei phen ei hun. Roedd ganddo bob dim yn y cerbyd yn barod ar gyfer ei chipio a'i chludo 'nôl i'w ffau – y mwgwd, hen gadach i wthio i'w cheg rhag iddi sgrechian a rhaffau i'w chlymu.

Roedd ganddo gynllun ar gyfer gwaredu'r corff hefyd – bwriadai ei chludo i goedwig Pentraeth yn ne ddwyrain yr Ynys. Yno, mewn man anghysbell, lle na allai neb ei weld, bwriadai i'w chorff suddo i ddyfroedd Llyn Llwydiarth. Heno, ar ôl gweu drwy'r lonydd gwag trodd drwyn ei gerbyd am adref yn siomedig a gwaglaw. Distawodd sŵn yr injan yn y pellter gan adael y lle mewn tawelwch llethol unwaith eto.

Pennod 4
Mehefin y 3ydd 1939

Roedd hi'n noson fawr ym mhentref gwledig Penmynydd. Yn ei ewyllys, gadawsai'r diwydiannwr llwyddiannus, Sam Hale ei arian i sefydlu Cronfa yn ei enw o, a fyddai'n cefnogi bro ei febyd. Heno, byddai Sheila Hale, ei weddw, yn dod i'r pentref i benderfynu pa gais a dderbyniwyd gan y trigolion, fyddai'r mwyaf teilwng i dderbyn y £200 y flwyddyn honno. Roedd yr ymgeiswyr wrthi'n gwau eu ffordd i neuadd y pentref i glywed ei dyfarniad.

Un ohonynt oedd Peredur Parry. Dyn canol oed moel gyda thrwyn wisgi coch; gwisgai flaser glas Prifysgol Caergrawnt a chrafat gwyn. Er mor falch yr edrychai yn ei flaser, ni fu Peredur erioed ar gyfyl Caergrawnt mewn gwirionedd. Daeth y syniad o ffugio ei achau academaidd iddo mewn fflach, pan welodd y dilledyn ar werth mewn siop elusen a byth ers hynny, gwisgai'r blaser ar bob achlysur cyhoeddus.

Yn 1933, aeth Peredur i weld y ddrama *Black Coffee* gan *Agatha Christie* yn yr *Embassy Theatr* yn Llundain. Gwnaeth y prif gymeriad, Hercule Poirot y fath argraff arno fel y bu'n dyheu, byth ers hynny i chwarae'r rhan ei hun. Tybiai, mai mater hawdd fyddai perswadio Mrs Hale i gefnogi ei gais i lwyfannu'r ddrama yn y pentref. Yn ôl Peredur, roedd o am ddod â'r West End i'r pentref ac ers dyddiau lawer, ni fu'n siarad am fawr ddim byd arall, gan drafod pwy o blith y trigolion fasa'n chwarae'r rhannau eraill? Tybed a ddeuai Agatha Christie ei hun i'r noson agoriadol?

Gyrrodd yn hyderus i gyfeiriad neuadd y pentref gyda Muriel, ei wraig yn gwrando'n dawel wrth ei ochr. Pwten fach gron oedd Muriel; doedd hi ddim y deliaf na'r mwyaf ffasiynol, yn wir gwisgai ddillad ceidwadol a saff bob amser. Doedd hi ddim yn un i wenu rhyw lawer chwaeth — tybiai llawer mai ugain mlynedd o fod yn briod â'r dyn wrth ei hochr oedd yn bennaf gyfrifol am hynny.

Roedd Peredur wedi gwneud y camgymeriad ar hyd y blynyddoedd o ddehongli tawelwch ei wraig fel arwydd o'i chefnogaeth iddo. Mewn gwirionedd, roedd Peredur ar fin cael yfflon o sioc, gan fod Muriel wedi troi'n rebel dros nos. Roedd hi wedi cael llond bol ar ei ddiffyg Cymreictod ac wedi ei fradychu drwy sleifio ei chais ei hun i'r pair. Gobaith Muriel oedd defnyddio arian y gronfa i gynhyrchu drama *Buchedd Garmon* gan Saunders Lewis. Yn ei chais dwedodd fod y pentref angen cynhyrchiad Cymraeg o safon uchel, yn hytrach na'r dramâu cegin fferm arferol. Ym marn Muriel, roedd hi'n bwysig hefyd cydnabod aberth Saunders Lewis dros yr iaith, gan gofio iddo sgwennu'r ddrama pan oedd yn y carchar.

Y trydydd ymgeisydd am arian Sam Hale oedd y Parch Tomos James, ficer y plwy. Cerddodd o'r ficerdy i neuadd y pentref er mwyn hel ei feddyliau cyn y cyfarfod. Dros ei ddeugain oed bellach, roedd ganddo gorff main a gwallt mewn steil *comb over,* gwisgai drowsus siwt a chardigan wlanog gynnes.

Er ei fod wedi byw ym mhlwy Penmynydd ers tro bellach, doedd o ddim yn teimlo ei fod yn perthyn i'r lle chwaith ac yn wir, dyn dŵad oedd Tomos James i'r trigolion. Roedd hyn yn siwtio'r ficer yn iawn, gan ei fod o'n hoff iawn o'i gwmni ei hun ac roedd yr hen ficerdy anghysbell yn lle perffaith, os am fwynhau'r unigrwydd hwnnw.

Y tu allan i'r Eglwys, un o brif ddiddordebau'r ficer oedd yr Almaen ac arweinyddiaeth gadarn Adolf Hitler. Roedd o'n edmygu'r Almaen newydd cymaint fel y byddai'n canu clodydd y wlad honno yn ei bregethau bob cyfle a gâi. Gobeithiai'r ficer ddefnyddio'r arian i dalu am fws i fynd ar daith i'r Almaen, fel y câi trigolion y plwy gyfle i werthfawrogi hyfrydwch y wlad ac i weld y cynnydd a fu o dan arweinyddiaeth Hitler.

Y pedwerydd ymgeisydd am arian y gronfa oedd y pobydd canol oed o'r enw Verdun, neu 'Verdun y Bara' i'w gwsmeriaid. Dyn nerfus yr olwg a chanddo wallt wedi ei gneifio at yr asgwrn. Fel cyn filwr, a oroesodd ffosydd y Rhyfel Mawr, doedd effeithiau nag atgofion am yr erchyllterau yn ystod y rhyfel byth ymhell o'i feddyliau.

Roedd becws Verdun mewn lle anghysbell, ym mhen draw un o lonydd cul a charegog y plwy; codai am hanner awr wedi tri y bore i gymysgu'r toes mewn cafnau mawr, cyn mynd ati i bobi. Erbyn saith y bore roedd y bara'n barod ar gyfer trigolion yr ardal. Oherwydd nad oedd ganddo siop, gyrrai o gwmpas yr ardal yn ei fan fara, gan ymweld yn bersonol â'u gwsmeriaid yn ddyddiol.

Gobaith Verdun oedd agor siop gyfleus ar y lôn fawr. Roedd o wedi cael llond bol ar yrru o gwmpas y ffermydd yn crafu bywoliaeth. Breuddwydiai am ddefnyddio £200 y gronfa i agor busnes llewyrchus mewn siop fodern a hyd yn oed cael peiriant torri bara i ddenu cwsmeriaid newydd! Byddai agor siop fara yn y pentref o wasanaeth i'r gymuned.

* * *

Erbyn wyth y nos roedd yr ymgeiswyr i gyd yn eistedd mewn tawelwch yn neuadd y pentref yn aros am ddyfodiad Sheila Hale. Y ficer oedd yr olaf i gyrraedd. Ceisiodd yntau godi sgwrs am y tywydd, ond buan y syrthiodd mantell o ddistawrwydd drosto yntau hefyd. Cynyddai'r tensiwn wrth i'r eiliadau droi'n funudau.

Bywiogodd y criw pan glywsant sŵn car Sheila Hale yn nesáu. Hithau, tua'r hanner cant oed a chanddi wyneb tlws a gwallt melyn hir, edrychai'n urddasol a ffasiynol yn ei chôt ffwr a'i mwclis o berlau gwyn. Yn ei llaw daliai geisiadau'r gronfa a mwstrodd wên fach wrth ymddiheuro am fod yn hwyr.

'I gychwyn, dylwn atgoffa pawb o amcanion y Gronfa. Ein prif amcan yw cyfoethogi bywyd cymuned Penmynydd a'r cylch drwy gynnig y rhodd ariannol hon i sicrhau hynny. Gall y rhodd gael ei chynnig i unrhyw achos sydd, neu a fydd yn gwneud gwahaniaeth i ansawdd eich bywyd yma. Dyma felly droi at y ceisiadau eleni.'

Aeth Sheila i estyn ei sbectol ddarllen. Sylwodd Peredur mai ei gais ef oedd y cyntaf a sythodd yn ei gadair yn hyderus. Aeth i'w siaced ac estyn ei flwch sigaréts arian. Tapiodd flaen sigarét ar glawr y blwch a thanio matsien. Roedd Sheila bellach yn gwisgo sbectol ddarllen go ffyrnig ac wrth glywed y fatsien yn cael ei thanio saethodd olwg blin at Peredur dros dop y sbectol. Rhewodd Peredur. Rhoddodd ei sigarét heibio.

'Rhaid dweud mai siomedig, ar y cyfan, oedd safon y ceisiadau,' meddai.

Pan glywodd Peredur y geiriau, dechreuodd ddifaru eistedd yn y sedd flaen. Tybed oedd siomedig yn golygu aflwyddiannus?

'Mae dwy ddrama lwyfan wedi eu cynnig. Un yn Saesneg gan Peredur Parry ac un yn Gymraeg gan Muriel ei wraig. Er bod adloniant yn rhywbeth da, mae'r ddau ymgeisydd yma allan o gysylltiad efo gwir anghenion eu cymuned. Cofiwch am gais llwyddiannus y llynedd, sef atgyweirio to'r ysgol! Dyna'r math o gais 'da ni eisiau ei weld. Rhywbeth fydd yn para yn hirach na noson neu ddwy o adloniant!'

Gwelwodd Peredur a syllu yn syth o'i flaen, gan osgoi edrych o'i gwmpas rhag ofn y gwelai wawd ar wynebau'r pentrefwyr. Cochodd Muriel hefyd wrth deimlo chwip y feirniadaeth.

'O ran yr ymgais nesaf, sef trip i'r Almaen mewn bws gan ein ficer lleol. Pan ddarllenais y cais hwn, dwi'n taeru 'mod i wedi clywed fy ngŵr yn troelli yn ei fedd! Cais arall nad yw'n cyd-fynd ag amcanion y gronfa. Cofiwch fod angen i'r arian fod yn fuddsoddiad dros gyfnod hir o amser, yn hytrach na bod yn daith i joli hoitian o gwmpas Ewrop!'

Erbyn iddi droi at y pedwerydd cais roedd Sheila wedi codi stêm ac yn rhythu ar bawb fel petai wedi myllio.

'Mae'r nesaf yn gais gan 'Verdun y Bara' i agor becws yn y pentref.'

Sganiodd Sheila ei chynulleidfa nes i'w llygaid orffwys ar wyneb Verdun yn y cefn. Mwstrodd yntau wên fach sydyn, cyn dangos ei nerfusrwydd drwy gnoi ei ewinedd.

'Verdun bach, pwrpas siop yw gwneud elw i'r perchennog. Awgrymaf eich bod yn mynd at eich banc a holi am fenthyciad, yn hytrach na cheisio am arian gan y gronfa hon.'

O glywed hyn, dechreuodd dwylo Verdun grynu er iddo wneud pob ymdrech i'w llonyddu.

'Mi dderbyniais un cais ar y funud olaf. A bod yn onest, dyna le dwi wedi bod cyn dod yma heno. Fel y gwyddoch chi, mae Elin Williams yn ferch leol sydd ar fin gorffen ei haddysg yn yr ysgol. Mae ganddi dalent mawr fel arlunydd.'

Dangosodd Sheila lun bendigedig o forlo yn codi o'r dŵr yn urddasol.

'Felly, eleni mae'n bleser gen i gyhoeddi bod yr arian yn mynd i gefnogi gyrfa Elin Williams. Bydd yr arian yn galluogi Elin fynd i'r coleg i astudio celf. Cyfle iddi wireddu breuddwyd. Dyma'r math o fuddsoddiad roedd gan fy ngŵr mewn golwg pan sefydlodd y gronfa. Felly, llongyfarchiadau i Elin a dymuniadau da iddi yn ei gyrfa fel artist.'

Pennod 5
Mehefin y 4ydd

Dechreuodd Elin Williams lithro. Llithro 'nôl a blaen rhwng cwsg ac effro; ei llygaid yn agor a chau a'i phen yn pendwmpian i sŵn cwynfanllyd y bws ysgol. Ar ôl clywed y newyddion da ei bod hi am gael arian Cronfa Goffa Sam Hale i fynd i'r coleg, prin ei bod wedi cysgu winc y noson cynt. Doedd dim gobaith cysgu ar y bws chwaith o ystyried sŵn croch plant y ffermydd wrth glebran eu ffordd 'nôl adref i ardal Penmynydd. Crychodd ei thrwyn yn erbyn yr oglau amaethyddol cryf a godai o ddillad ambell un a eisteddai'n agos ati.

Y tu ôl iddi, yn y seti gorau yng nghefn y bws, eisteddai meibion y ffermydd. Fel rhes o geiliogod, pob un yn clochdar am faint eu cytiau gwair, neu am gryfder eu tractorau. Yr alffa males amaethyddol, fel teirw ifanc yn ymwybodol o'u cynulleidfa, sef merched ffermydd, edmygus.

Doedd Elin ddim yn cymryd unrhyw sylw o bantomeim y cywion amaeth; doedd ganddi ddim diddordeb mewn cylch cymdeithasol, lle'r oedd bod yn aelod o'r Clwb Ffermwyr Ifanc yn bwysicach na dim arall, yn bwysicach na'r ysgol a hyd yn oed yr arholiadau.

I sŵn cwynfanllyd yr injan dechreuodd y bws ddringo'r allt i gyfeiriad Penmynydd. Dechreuodd stumog a phen Elin droi yn unsain. Roedd rhaid iddi ddianc rhag y sŵn a'r oglau. Cododd ei bag a mynd at sedd y gyrrwr a thapio ar ei ysgwydd.

'Stopiwch y bws, os gwelwch yn dda. Dwi am fynd i ffwrdd.'

'Wel, ar fy enaid i!' ebychodd y gyrrwr rhwng ei ddannedd. Sathrodd ar y brêc gan achosi iddi lamu 'mlaen a cholli cydbwysedd. Camodd Elin o'r bws yn hamddenol a throi i gyfeiriad y môr.

Roedd y dŵr cyn lased â'r awyr a'r haul yn taro'n boeth. Caeodd ei llygaid a chodi ei hwyneb nes dal gwres yr haul. Roedd hyn cymaint gwell ganddi na gwrando ar ymffrost y bechgyn ar y bws. Aeth i'w bag ysgol a nôl ei phad lluniau. Yma, byddai hi'n dod i greu lluniau'r morloi. Ei ffrindiau bach a fyddai'n dod mor ufudd ati, yn ddigon agos fel y gallai werthfawrogi eu harddwch a sglein yr haul ar eu crwyn perffaith. Ei hoff bleser yn y byd oedd astudio eu llygaid bychain sgleiniog a theimlo eu bod yn gwenu arni. Yna, ar ôl torheulo am ychydig byddai'r morloi yn llithro 'nôl i'r dŵr a diflannu'n urddasol.

Heddiw, fodd bynnag, doedd dim sôn amdanynt. Gwibiodd ei llygaid o gwmpas yr arfordir creigiog. Y cyfan a welai oedd un dyn yn pysgota. Cododd ei law, ymatebodd hithau i'w gyfarchiad gyda gwên. Doedd hi erioed wedi taro gair efo fo, ond byddai o wastad yno'n pysgota a bob amser yn ei chyfarch.

Tybed, oedd y morloi yn cuddio o dan y dŵr. Tynnodd ei hesgidiau a'i sanau a dechrau cerdded yn araf i mewn i'r môr. Anadlodd yn siarp wrth i'r tonnau lyfu top ei choesau. Craffodd yn ofalus ar wyneb y dŵr rhwng pob ton, ond welai hi ddim byd yno chwaith. Trodd 'nôl tua'r lan. Ar ôl cyrraedd sylwodd fod un o'i hesgidiau wedi cael ei chario i ffwrdd gan y tonnau. Yn siomedig, a chyda un esgid ar goll, pigodd ei ffordd 'nôl ar hyd y creigiau i gyfeiriad y lôn.

Rhegodd dan ei gwynt. Roedd ganddi filltir neu ddwy i'w gerdded a hynny heb yr esgid. Tybed a fyddai gobaith am lifft gan un o'i hathrawon ysgol, neu gan gymydog clên yn digwydd pasio heibio?

Clywodd sŵn taranau yn y pellter a sylwi bod yr awyr las wedi troi'n llwyd ei liw. Gwelodd gymylau duon yn carlamu o'r dwyrain. Cododd y gwynt a theimlai'r glaw yn taro ar ei chroen fel dagrau bychan, oer.

Pennod 6

Yn gynharach y diwrnod hwnnw, eisteddai Peredur Parry y tu ôl i'w ddesg yn adran newyddion y BBC ym Mangor yn methu'n lân â chanolbwyntio ar ei waith. Roedd o'n siomedig ar ôl i'w gais i gronfa Sam Hale fethu, ond yr hyn a dynnai ei sylw oedd gwisg Carol, neu ei brinder, a bod yn fanwl gywir. Roedd hi'n ben-blwydd arni ac roedd hi'n amlwg i bawb yn y gwaith y bore hwnnw fod Carol wedi penderfynu arddangos ei chymwysterau!

Gwisgai Carol golur trawiadol a thop tyn. Wrth ffeilio papurau byddai'n paredio 'nôl a blaen i drio tynnu sylw Gareth Elias – seren newydd y BBC ym Mangor – a hynny mor amlwg i bawb heblaw am Gareth Elias ei hun, wrth gwrs. Roedd pen hwnnw wedi ei blannu yn ei bapur newydd ac yn benodol ar sgôr gemau pêl-droed y penwythnos.

Ni allai Peredur ddeall pam bod Gareth Elias mor boblogaidd – poblogaidd efo'r gwrandawyr a phoblogaidd ymhlith staff y BBC hefyd, yn enwedig y merched! Ond, y prif reswm pam nad oedd o'n hoff o Gareth Elias oedd oherwydd ei fod yn fygythiad i'w statws o, fel prif ddarlledwr y BBC yn y Gogledd.

Sut y gallai bachgen fel Gareth, a oedd yn byw gartref efo'i fam ac yn gyrru hen racsyn o gar, fod mor boblogaidd efo'r merched? Ym meddwl cul Peredur, roedd gan Gareth harîm o edmygwyr!

Wrth ddarlledu, ymfalchïai Peredur yn ei feistrolaeth ar y *Kings English*, ond y cyfan a wnâi'r Gareth

Elias annysgedig oedd defnyddio acen Bangor wrth siarad Saesneg. Gwyliodd Peredur y llanc yn gwthio ei fysedd balch trwy ei wallt trwchus wrth ddarllen. Yna, yn sydyn reit, cododd Gareth ei ben fel petai o newydd gofio am rywbeth. Am eiliad, cododd Carol ei gobeithion hefyd, gwenodd arno, ond y cyfan a wnaeth Gareth oedd syllu yn syth drwyddi ac edmygu ei adlewyrchiad ei hun yn y ffenest gyferbyn.

Syllodd Carol arno a'i hwyneb yn llawn siom, tra bod Peredur yn llawn cenfigen. Penderfynodd ddweud rhywbeth clyfar er mwyn tynnu'r gwynt o hwyliau Gareth yng ngŵydd y staff.

'Be 'da chi'n feddwl o'r datblygiadau diweddaraf yn y Balkans? Oes gynnoch chi farn ar hynny, Gareth?'

Gwenodd Peredur gan ddisgwyl gweld wyneb diglem yn syllu 'nôl arno, ond yn groes i'r disgwyl roedd Gareth yn barod iawn ei ateb.

'Y cadoediad rhwng yr Almaen a Latvia, 'da chi'n feddwl? Ar yr wyneb, mae Hitler yn dangos i bawb ei fod o'n chwilio am heddwch. Ond, yn fy marn i, dim ond ceisio prynu amser mae o – mae o'n cynllwynio rhywbeth, rhywbeth go fawr, mewn gwirionedd.'

Cochodd Peredur. Roedd ei gynllun i'w gywilyddio wedi methu – rhaid bod y mwnci bach wedi bod yn darllen y tu mewn i'r papurau newydd yn o gystal â'r canlyniadau pêl-droed ar y dudalen gefn.

Yn wahanol i Gareth Elias, doedd dim llawer yn digwydd ym mywyd carwriaethol Peredur. Er bod ei briodas gyda Muriel yn edrych yn ddigon hapus yn gyhoeddus, bellach trefniant cyfleus ydoedd, yn hytrach na phriodas gariadus. Diddordebau Peredur oedd pysgota, cerdded mynyddoedd ac yfed, tra ymddiddorai Muriel mewn gweithgareddau cymdeithasol, megis y Capel, yr Eisteddfod a Sefydliad y Merched. Yr unig weithgareddau a wnâi'r ddau efo'i gilydd oedd y trip blynyddol i'r Eisteddfod Genedlaethol.

Gwyliodd Peredur Carol yn codi ei theisen penblwydd ac yn mynd draw at ddesg Gareth Elias a chynnig darn iddo. Ysgydwodd yntau ei ben. Gwelodd Peredur y siom amlwg ar wyneb Carol. Tybed oedd modd iddo fanteisio ar y sefyllfa anffodus yma? Roedd hi'n biti gweld y ferch ifanc mor ddihyder, yn enwedig ar ôl iddi wneud y fath ymdrech i edrych yn ddeniadol i ddenu sylw Gareth.

Tybed oedd hi'n rhydd i ddod am ddiod amser cinio? Roedd ganddo awr neu ddwy yn sbâr. Er nad oedd mor ifanc a golygus â Gareth Elias, roedd ganddo asedau eraill i'w rhannu, pe bai diddordeb ganddi.

Pennod 7

Yn y prynhawn, trodd diwrnod Peredur Parry ben i waered wedi iddo dderbyn gwahoddiad annisgwyl i swyddfa ei bennaeth. Roedd y gwahoddiad yn llawn addewid. Tybiai Peredur fod codiad cyflog ar y gweill, neu efallai sgwrs am gyfleoedd newydd – a pham lai? Yn ôl llawer o'i wrandawyr, fo oedd cyflwynydd radio mwyaf talentog y BBC ym Mangor.

'Dewch i mewn.'

Cyfarchiad bach swta fel yna oedd gan Gwilym Thomas, y pennaeth, i bawb – cyfarchiad o enau dyn prysur. Cerddodd Peredur i mewn gan ddisgwyl derbyn ei groeso arferol. Un hael ei ganmoliaeth oedd Gwilym fel arfer, dyn cymdeithasol a gadwai botelaid o frandi yn ei gwpwrdd. Ond heddiw, doedd dim sôn am wên ganddo nag unrhyw olwg o'r brandi.

Pwyntiodd Gwilym at un o'r cadeiriau esmwyth.

"Sdedda draw fan'cw.'

Eisteddodd mewn tawelwch tra bod Gwilym yn gorffen darllen ac yna'n arwyddo dogfen. Daeth Peredur i'r casgliad fod Gwilym dan bwysau; edrychai'n flinedig a doedd hynny'n fawr o syndod o gofio am ei gyfrifoldebau i'r penaethiaid mawr yn Llundain.

Ar ôl tacluso'r papurach siaradodd Gwilym o'r tu ôl i'w ddesg. 'Mater bach sensitif sydd gen i,' dwedodd a'i lais yn awgrymu ei fod yn teimlo'n anesmwyth.

'Sut medra i helpu?'

'Da ni wedi derbyn cwyn.'

Fflachiodd meddwl Peredur yn ôl dros ei wythnos o ddarlledu i geisio dyfalu pa stori newyddion oedd tu ôl i'r gŵyn.

'Pa eitem oedd hi, Gwilym?'

'Na, dim cwyn gan y gwrandawyr, ond cwyn yn dy erbyn di. Ti wedi ymddwyn yn amhriodol tuag at un o'r merched.'

Ysgydwodd Peredur ei ben mewn anghrediniaeth.

'Fi? Naddo, erioed!'

'Ia, chdi. Chdi Peredur. Dwi wedi derbyn cwyn dy fod wedi cyffwrdd yn un o'r merched, ar ôl i ti ei gwahodd hi i'r dafarn dros ginio, heddiw.'

Gwyddai Peredur yn syth beth oedd tu ôl i hyn ac roedd angen i Gwilym wybod ei ochr o o'r stori cyn neidio at gasgliadau.

'Y cyfan 'nes i oedd rhoi cwpwl o tips iddi o ran ei gyrfa. Oeddwn, mi oeddwn i'n glên a chyfeillgar, ond doeddwn i ddim yn ymddwyn yn amhriodol! Wn i ddim sut gall yr hogan anniolchgar gwyno?'

'Peredur, ti wedi mynd yn rhy bell y tro hwn – dim un o ferched bach cyffredin Bangor 'mo hon, ond merch y Maer! Un o ddynion mwya dylanwadol yn y dref. Mi aeth hi adref yn syth o'r dafarn yn ei dagrau ac mi ffoniodd ei thad ychydig funuda yn ôl i wneud cwyn.'

Cododd Gwilym o'r tu ôl i'w ddesg a dod i eistedd gyferbyn â Peredur. 'Mae angen i ti wybod rhywbeth, Peredur. Wyt ti'n gwybod be ma'r merched yn y BBC yn dy alw di? Tu ôl i dy gefn?'

Ysgydwodd Peredur ei ben.

'Mistar Octopws,' dwedodd Gwilym.

'Beth? Pam?'

'Achos, fel Octopws, mae dy ddwylo di ym mhob man! Dwi ddim eisia galwada ffôn fel yna eto. Cymra hwn fel rhybudd llafar swyddogol.'

Aeth Peredur allan o ystafell ei bennaeth yn flin fel cacwn; doedd dim pwynt trio ymladd ei gornel, gan fod Gwilym wedi cael ei swyno'n llwyr gan fersiwn wenwynig y ferch a'i thad. Ers pryd roedd gwasgu pen-glin merch yn drosedd? Roedd o'n beth tadol i'w neud. Byddai o'n gneud hynny drwy'r amser! A pha fusnes oedd ganddi hi i wneud cwyn ar ôl iddo fod mor hael â phrynu cinio iddi!

Pennod 8

Neidiodd Peredur Parry i'w gar, tanio'r injan a gyrru o faes parcio adeilad y BBC ym Mangor fel petai o mewn ras. Rhegodd ar dop ei lais, er nad oedd yr un enaid byw arall o fewn clyw. Roedd o wedi cael diwrnod i'w anghofio, diwrnod cachu o'i ddechrau i'w ddiwedd. Ar ôl y sioc o wynebu cwyn yn ei erbyn bu'n rhaid iddo wrando ar Gwilym, y pennaeth, yn canmol gwaith Gareth Elias, y cyflwynydd newydd, i'r entrychion.

Wedi tanio sigarét i dawelu ei nerfau, agorodd ffenest y car a chwythu llond ysgyfaint o fwg allan. Fyddai o ddim fel arfer yn smocio, ond roedd y ferch wirion yna wedi ei wylltio. Doedd hi ddim yn deall rheolau'r gêm. Ac yntau wedi prynu pwdin iddi yn ogystal â'r cinio! Dynwaredodd Peredur lais cowboi. *'Honey, there ain't no such thing as a free lunch.'*

Ar wahân i nonsens heddiw, roedd bywyd wedi trin Peredur yn eithaf da. Yn ddyn llwyddiannus yn y BBC, roedd o wedi ennill gwobrwyon o ganlyniad i'w berfformiadau slic ar y cyfryngau. Roedd ganddo dŷ crand mewn acer o dir ym mhentref Penmynydd yng nghanol Ynys Môn, cyflog digon derbyniol a gyrrai Alfa Romeo Sports coch, trawiadol. Am unwaith, yn enwedig ar ôl y rhybudd gan ei bennaeth, edrychai Peredur ymlaen at noson dawel gyda'i wraig, Muriel. Roedd hyd yn oed y syniad o eistedd wrth y bwrdd bwyd a bwyta swper mewn tawelwch yn apelio ato.

Ar gyrion Porthaethwy gwelodd Elin Williams yn cerdded ar ochr y lôn. Hon, oedd wedi swyno Sheila Hale ac ennill y wobr ariannol o Gronfa Goffa Sam Hale. Roedd o wedi sylwi arni hi'n cerdded yr ardal droeon, ond doedd o ddim wedi taro gair â hi, na chynnig lifft iddi o'r blaen, er iddo ddychmygu gwneud. Y cyfan a wnâi bob tro oedd arafu ychydig er mwyn edmygu ei phrydferthwch, dyna i gyd. Doedd o ddim yn teimlo unrhyw gywilydd wrth wneud hynny. Doedd edrych ar ferch ifanc, ddeniadol ddim yn drosedd!

Bob tro y gwelai Peredur hi'n cerdded ar hyd y lôn, dychmygai sut beth fyddai bod yn ei chwmni? Sut sgwrs fyddai rhyngddynt petai o'n stopio a chynnig lifft iddi? Tybed beth oedd ei diddordebau? Oedd hi'n licio cerdded mynyddoedd fel fo, neu oedd yn well ganddi dripiau i'r dref i siopa? Beth oedd pobol ifanc heddiw yn hoff o'i wneud yn eu hamser sbâr? Tybed fasa hi'n licio mynd efo fo i'r sinema ym Mangor, efallai?

Gyda chwrw amser cinio'n dal i nofio yn ei ben, teimlai Peredur yn fwy hyderus nag arfer. Roedd cymylau duon yn casglu uwchben a dechreuodd y glaw ddisgyn. Rhoddai hyn reswm arall iddo stopio a chynnig lifft iddi, felly arhosodd ychydig lathenni o'i blaen ac estyn draw i agor ffenest.

"Da chi isho lifft? Mae hi'n mynd i'r glaw,' dwedodd.

Edrychodd Elin yn ansicr am eiliad, ond ar ôl cipio golwg sydyn ar y cymylau duon uwchben agorodd y drws. Ceisiodd Peredur guddio'r wên fawr oedd yn mynnu lledu ar draws ei wyneb.

Pennod 9
Mehefin y 5ed

Yn oriau mân y bore deffrodd D.I. John gan synhwyro bod rhywun yn y tŷ. Roedd rhywun neu rywbeth wedi torri ar ei gwsg. Yn reddfol, estynnodd yn syth am ei bistol Browning a gadwai yn y drôr wrth ei wely. Yn answyddogol, bu'r pistol yn ei feddiant ers ei ddyddiau yn y Met yn Llundain. Yn nhawelwch oer ac unig ei ystafell wely, llwythodd y gwn a chodi ar ei eistedd. Clustfeiniodd am funud. Roedd o'n nabod synau'r tŷ yn dda. Tic tocian y cloc yn cario o'r neuadd a hefyd tip tapian y tap yn y tŷ bach.

Ar ôl gwrando am funud arall ymlaciodd; rhaid ei fod wedi dychmygu'r peth. Daeth ei lygaid yn gyfarwydd â'r tywyllwch fel y gallai yn y diwedd weld siapiau'r pethau cyfarwydd. Roedd ei ystafell wely wedi ei dodrefnu'n syml – cadair, llenni ar y ffenest a chwpwrdd dillad yn y gornel. Gwelodd ei adlewyrchiad yn y drych gyferbyn, gan sylwi sut y tanlinellai'r golau gwan y llinellau bach roedd y gwynt wedi eu naddu ar ei wyneb.

Roedd ar fin gorwedd yn ôl pan glywodd y sŵn eto. Y tro hwn, doedd dim amheuaeth. Sŵn traed. Roedd rhywun yn dringo'r grisiau. Cyflymodd ei galon. Clywodd y traed yn croesi'r landin ac yna'n dod i stop y tu allan i'w ystafell wely. Gwyliodd ddolen y drws yn troi'n araf. Pwyntiodd ei bistol yn barod i amddiffyn ei hun, wrth i'r drws agor yn araf.

Er mawr syndod a rhyddhad iddo, Sandra oedd yno. Gollyngodd ebychiad o ryddhad a chuddio'r pistol o dan y gobennydd. Sandra oedd ei gariad achlysurol a barmêd y dafarn leol yn Rhosneigr. Rhaid ei fod o wedi rhoi'r goriad iddi yn ei ddiod rhyw noson. Gwisgai Sandra wên lydan, a fawr ddim arall!

'Mistar ffling, gesia pwy sy wedi dod yma i chwarae?' dwedodd yn blentynnaidd chwareus. Camodd yn agosach at ei wely â'i chluniau'n symud yn awgrymog.

'Oes 'na le i un bach arall yn y gwely 'na, Mistar ffling?'

Cyn iddo gael cyfle i'w hateb, canodd y ffôn.

Wedi gwneud ei ymddiheuriadau, rhedodd i lawr y grisiau. Cipiodd olwg sydyn ar y cloc cyn codi'r ffôn. Roedd hi'n bump y bore.

'Wakey wakey.'

Llais cyfarwydd y diwti Sarjant yng ngorsaf Caergybi oedd yno. Yn ôl tôn ei lais, câi bleser mawr wrth ddeffro plismyn yng nghanol y nos.

'Ma 'na ferch o bentref Penmynydd ar goll. Na'th hi'm dod adra o'r ysgol ddoe. Chi ydy'r ditectif sy on diwti.'

Roedd clywed am ddiflaniad ym Mhenmynydd yn canu clychau go ddifrifol yng nghlustiau D.I. John, gan iddo fod yn yr union le yn dilyn cwyn am ddieithryn yn dychryn gwraig, ychydig nosweithiau cynt.

Pennod 10

Ym mhentref Penymynydd parciodd D.I. John o flaen tŷ digon nodweddiadol a adeiladwyd yn eu miloedd ar ôl y Rhyfel Mawr. Doedd dim amser i werthfawrogi mynyddoedd Eryri yn y pellter, nac i wrando ar sŵn côr yr adar mân yn canu i'w gyfarch yn y bore bach. Er gwaetha'r awr, croesawai'r cyfle annisgwyl hwn, o gael arwain achos go iawn unwaith eto. Canodd gloch y tŷ a daeth gwraig ddeniadol yn ei thridegau i'r drws. Roedd hi'n crynu'n afreolus a'i llygaid yn goch, fel petai wedi bod yn crio drwy'r nos.

Fflachiodd ei fathodyn.

'Mrs Jean Williams, ia? D.I. John. Ga' i ddod i mewn?'

Agorodd Jean y drws a'i wahodd i'r parlwr.

'Diolch i chi am ddod mor sydyn. Dwi 'di bod ar bigau'r drain drwy'r nos yn aros am Elin i ddod adra, ond does 'na'm sôn amdani.'

Eisteddodd D.I. John yn y parlwr bach syml, ond taclus. Ar y silff ben tân gwelai lun o ferch ddeniadol benfelen, mewn blaser ysgol a chanddi wên lydan. Sylwodd fod ganddi farc man geni porffor ar ei thalcen a daliodd i syllu arni am ychydig, gan geisio darllen ei phersonoliaeth.

Un o sgiliau pwysicaf y ffotograffwyr sy'n mynd o gwmpas yr ysgolion ydy cael plant i wenu, er mwyn sicrhau gwerthiant i'r rhieni balch. Ond, gwyddai D.I. John fod lluniau yn gallu bod yn gamarweiniol ac nad oedd un wên yn creu hapusrwydd.

'Be ydy ei henw hi?'

'Elin ... Elin Williams.'

'Ydach chi wedi ystyried y posibilrwydd ei bod hi wedi mynd adra efo ffrind?'

'Do, tad. Dwi wedi ffonio rownd rhieni pob ffrind sydd ganddi a chnocio ar ddrysa pawb sy heb ffôn. Does neb wedi 'i gweld hi.'

'Ga i gymryd y llun yma, os gwelwch yn dda?'

'Wrth gwrs, cewch chi,' atebodd Jean. Agorodd D.I. John gefn y ffrâm a chymryd y ffotograff allan a'i roi'n ofalus mewn amlen.

'Mi ddosbarthwn ni ddisgrifiad a dechrau chwilio amdani'n syth. Gwell i chi aros yma wrth y ffôn. Rhowch wybod i ni, os gwnaiff Elin gysylltu.'

* * *

Ar ôl cyrraedd swyddfa'r heddlu yng Nghaergybi, gosododd D.I. John lun Elin Williams ar y wal o flaen criw o heddweision. Teimlai'r gwaed yn llifo trwy ei wythiennau, gan wybod y byddai'n rhaid gweithredu fel y gwnaent, petai rhywun wedi cael ei chipio. Wrth symud yn sydyn, byddai ganddynt well gobaith o'i hachub. Y peth cyntaf i'w wneud oedd manteisio ar ddaearyddiaeth naturiol yr ynys.

'Does gynnon ni ddim syniad beth sydd wedi digwydd i'r ferch yma, ond mae angen symud yn sydyn. Casglwch pwy bynnag arall sy'n sbâr. Jones a Phillips, ewch ar yr A5 i Bont y Borth. Stopiwch y ceir a chymryd manylion pawb.'

Nodiodd y ddau PC ac ateb yn unsain.

'Ma gofyn bod yn effro a chyflym. Keith a Terence. Ym mhorthladd Caergybi, gwnewch yr un peth. Ieuan a

Geraint, Stesion Bangor, chwiliwch bob trên cyn iddo adael. Holwch bawb.'

Plannodd D.I. John fys cadarn ar y ffotograff.

'Edrychwch arni unwaith eto cyn gadael. C'mon hogia, allan â chi. Symudwch rŵan! RŴAN.' Gwaeddodd a chlapio'i ddwylo.

Pennod 11

Drannoeth roedd Peredur Parry yn gyrru dros bont y Borth ar ôl gorffen ei shifft yn y BBC gyda'i feddwl ar un peth yn unig. Yn yr ystafell newyddion y prynhawn hwnnw clywodd fod yr heddlu wedi cysylltu. Roeddent angen cymorth y BBC i apelio am wybodaeth yn dilyn diflaniad merch ifanc yn ardal Porthaethwy.

Yn ddirybudd, arafodd y ceir o'i flaen. Dechreuodd pawb symud fel malwod a thybiai Peredur eu bod wedi cael eu dal tu ôl i dractor. Ar ôl cropian rownd y tro, gwelodd heddweision yn y pellter yn stopio ceir. Damnia! Doedd ganddo ddim awydd cael ei holi gan yr heddlu. Penderfynodd droi rownd a mynd am adref ar hyd lôn arall, gwelodd fod y ffordd o'i flaen yn glir, felly dechreuodd droi ei gar a dianc.

Stopiodd yn stond pan glywodd sŵn seiren yn sgrechian. Dros ei ysgwydd gwelodd gar yr heddlu yn llenwi'r lôn. Daeth heddwas ifanc allan o'r car a cherdded tuag ato'n bwrpasol.

'Pam 'da chi'n troi eich car rownd, Syr?'

Llyncodd Peredur ei boer, neu o leiaf, mi wnaeth ei orau, gan fod ei geg yn hollol sych.

'Dwi newydd gofio 'mod i wedi gadael rhywbeth yn y gwaith, dyna pam ro'n i am droi 'nôl.'

'Ydach chi'n meindio tynnu i mewn os gwelwch yn dda? Nawn ni mo'ch cadw chi'n hir, Syr. Dim ond holi ambell gwestiwn.'

Parciodd Peredur ei gar a diffodd yr injan. Cymrodd yr heddwas ifanc ei enw a'i gyfeiriad cyn dechrau ei holi.

'Dyma eich unig gar chi, Syr?'

'Ia, dim ond yr Alfa Romeo.'

'Fyddwch chi'n teithio ar hyd y lôn yma bob dydd, Mr Parry?'

'Bydda, 'nôl a blaen o fy ngwaith ym Mangor.'

'Welsoch chi ferch ifanc ar y lôn yma ddoe? Tua'r adeg yma?'

Culhaodd Peredur ei lygaid i geisio dangos ei fod o'n meddwl yn ddwys. Ai dyma'r adeg i fod yn onest? Roedd o'n cofio popeth mor glir. Cofio gweld Elin Williams yn cerdded yn y glaw a chynnig lifft iddi rhag iddi wlychu. Ceisiodd argyhoeddi ei hun nad oedd ganddo ddim byd i'w guddio, ond roedd llais arall yn ei ben yn dweud wrtho am osgoi datgelu pob dim. Beth petai o'n dweud y gwir? Medrai hynny ei landio mewn pac o drwbl, yn arbennig os oedd yr heddlu yn chwilio am rywun i'w feio. Onid oedd o, fel dyn canol oed, yn darged perffaith iddynt, petai o'n cyfaddef rhoi lifft iddi.

Oni fasa'r heddlu yn ei lusgo i mewn i gell a'i drin o fel baw isa'r domen a gyrru heddweision clên a blin am yn ail i'w arteithio? Ei orfodi i fynd drwy'r digwyddiad, drosodd a throsodd wrth chwilio am graciau yn ei stori.

Fasa fo ddim y cyntaf i gael ei gyhuddo ar gam. A beth am y cywilydd? Beth am y niwed i'w enw da yn y BBC? Y darlledwr Peredur Parry yn y ddalfa, yn cael ei ddal ar amheuaeth o gipio merch ysgol – dychmygai'r newyddion yn rhwygo drwy'r cyfryngau, yn enwedig wrth gofio am ei lys enw yn y gwaith – Mistar Octopws!

Cymrodd anadl hir cyn ateb yn hyderus. 'Na, mi o'n i adref drwy'r dydd ddoe.'

Dyna fo, roedd o wedi ateb. Roedd o wedi dweud ei gelwydd a daeth ton o ryddhad drosto.

'Lle 'da chi'n gweithio Syr?'

'Yn y BBC ym Mangor.'

Yn syth ar ôl rhoi enw ei gyflogwr, dechreuodd Peredur ddifaru ei gelwydd wrth iddi wawrio arno mai dim ond cysylltu gyda'i wraig, neu ei gyflogwr byddai angen i'r heddlu ei wneud, er mwyn canfod y gwirionedd.

Ar ôl nodi popeth yn daclus yn ei lyfr nodiadau, cerddodd y P.C. ifanc o amgylch yr *Alfa Romeo Super Sport* coch yn hamddenol, fel prynwr mewn ocsiwn geir. Gwyliai Peredur bob symudiad a wnâi. Yna, fel petai'r geiniog wedi syrthio o'r diwedd, gwenodd yr heddwas yn fodlon.

'Dwi'n licio'r car. Does 'na'm llawer o'r rhain ar y lôn. Diolch am eich amser, Mr Parry. Pnawn da i chi.'

Pennod 12

Y noson honno rhoddodd Muriel Parry ei chyllell a'i fforc i lawr a gwylio ei gŵr yn ymosod ar ei swper o stêc a sglodion, fel dyn cyntefig nad oedd wedi gweld bwyd ers dyddiau. Doedd pethau ddim wastad fel hyn. Ar gychwyn eu priodas, arferai ei diddanu drwy sôn am hynt a helynt ei ddiwrnod yn y gwaith. 'Nôl yn y cyfnod hynny byddai hi'n ystyried ei hun yn ffodus o gael gŵr fel Peredur ac arferai eistedd yn dawel yn gwrando arno'n rhoi'r byd yn ei le'n hyderus.

Rhawiodd Peredur y darnau olaf o'i fwyd i lawr y lôn goch ac ail-lenwodd ei wydryn gwin. Cliriodd Muriel ei llais i siarad. Roedd hi wedi gweld hysbyseb yn y papur lleol am ffilm newydd yn y sinema.

'Mi oeddwn i'n meddwl am y penwythnos. Dwi'n ffansi gwneud rhywbeth gwahanol.'

'Rhywbeth gwahanol? Fel beth?'

'Mae 'na ffilm newydd yn y sinema, *Snow White and the Seven Dwarfs*. Mae o'n swnio'n dda. Beth am fynd? Dwi ddim yn cofio'r tro diwetha i ni fynd allan efo'n gilydd.'

Tynnodd Peredur wyneb poenus.

'Mae hi'n swnio fel ffilm blentynnaidd. 'Da ni wedi trafod hyn o'r blaen a 'dach chi'n gwybod 'mod i'n casáu hen sothach fel yna.'

'Ond 'dan ni byth yn mynd allan. Pryd oedd y tro diwetha i fi fwynhau noson allan efo chi?' protestiodd Muriel.

'Dylsach chi wybod yn well nag awgrymu ffilm mor wirion,' dwedodd Peredur yn nawddoglyd.

Ar ôl clywed ei ateb smyg, culhaodd Muriel ei llygaid a theimlai ei thymer yn berwi. Ar ôl blynyddoedd o fyw o dan ei fawd, roedd ei hamynedd ar fin torri'n glec. Aeth ei llaw am y gyllell stêc finiog wrth ei hochr. Gwasgodd yr handlen yn dynn a dechrau dychmygu mor hawdd fyddai plannu blaen y gyllell finiog yn ei gnawd. Pasiodd y foment o wallgofrwydd. Yn lle trywanu ei gŵr, claddodd y gyllell yng ngweddillion y cig ar ei phlât. Ar ôl gorffen ei bwyd mewn tawelwch lletchwith, cofiodd Muriel iddi glywed adroddiad am ddiflaniad y ferch ysgol leol ar y radio.

'Glywsoch chi am y ferch 'na, wedi mynd ar goll, Peredur?'

Am y tro cyntaf y noson honno edrychodd Peredur arni. Syllodd i fyw ei llygaid a diflannodd ei hyder arferol. Synhwyrodd Muriel dinc o gryndod yn ei lais.

'Do, wrth gwrs. Roedd pawb yn sôn am y peth yn y swyddfa ac ar y radio.'

'Druan o'i rhieni. Mae'n rhaid eu bod nhw'n poeni'n ofnadwy. Oes ganddyn nhw unrhyw syniad beth ddigwyddodd iddi?'

'Na, dwi ddim yn meddwl.'

'Yn ôl yr adroddiad ar y radio, mae'r heddlu yn gofyn i bawb oedd yn gyrru ar hyd yr A5 pnawn ddoe gysylltu efo nhw, rhag ofn bod ganddyn nhw wybodaeth a fyddai o gymorth. Mi oeddech chi ar yr A5 ddoe, Peredur. Ydach chi wedi cysylltu efo'r heddlu?'

Ysgydwodd Peredur ei ben yn amddiffynnol. 'Naddo, siŵr Dduw. Does 'na ddim pwynt, achos 'nes i ddim gweld unrhyw beth fasa o ddiddordeb i'r heddlu.'

'Ond sut 'da chi'n gwybod. Gallai'r peth lleiaf fod yn allweddol. Mae'r heddlu eisiau siarad efo pawb oedd ar y lôn yna ddoe – PAWB, Peredur.'

Cas beth Peredur oedd cael ei gwestiynu, yn enwedig gan Muriel. Cododd ei lais i drio cau ei cheg.

'Na! Welais i ddim byd. Be ydy'r pwynt mynd i swyddfa'r heddlu? Gwastraffu eu hamser nhw fyddai hynny. Dwi'n mynd i'r ystafell gefn,' cyhoeddodd Peredur yn swta a gadael ei wraig ar ei phen ei hun yn nhawelwch yr ystafell, gweithred nad oedd yn annisgwyl iddi bellach ers blynyddoedd.

* * *

Yn yr ystafell gefn, arllwysodd Peredur wydraid o wisgi. Yr ystafell dawel hon yng nghefn y tŷ oedd ei hoff le, ei ddihangfa, ei guddfan, lle na fyddai ei wraig byth yn mentro i mewn iddi. Anaml iawn y byddai Peredur yn cyboli gyda'r lolfa fawr yn y tŷ – ystafell Muriel oedd honno. Yno, byddai hi'n gweu, yn gwrando ar y radio a gwahodd ffrindiau o'r WI am baned a theisen, i godi pres at hwn neu'r llall yn lleol.

Pwy oedd angen cwmni merched, beth bynnag? O brofiad, pac o drwbl oedden nhw – pob un wan jac. Ail lenwodd ei wydryn ar ôl llowcio'r cyntaf. Yn amlwg, roedd y wisgi'n dechrau gweithio, wrth iddo deimlo'i gyhyrau'n ymlacio. Aeth i sefyll wrth ddrych mawr yng nghornel y stafell er mwyn astudio'i hun yn well. Byddai o'n mwynhau sgwrsio o flaen y drych a siarad fel pwll y môr, yn union fel petai o'n siarad â chynulleidfa ar y radio. Yn ei ystafell ei hun gallai ddweud a gwneud beth bynnag roedd o isio.

Ar ôl diod fach arall dechreuodd hel meddyliau. Sut gwnaeth ei fywyd grebachu fel hyn? Cofiai am ei gyfnod yn teithio fel dyn ifanc, sengl, yn crwydro'r byd gyda'i sach gefn a'i babell yn Ne America ac ar gyfandir Affrica. Teithiai ar drenau, cychod, bysus, ar gefn beic a hyd yn oed ar geffyl! Cerdded llwybrau'r byd a gwneud ambell ffrind ar y ffordd.

Ar ôl dychwelyd i fro ei febyd, sylweddolodd fod pawb a phopeth yr un fath â'i gilydd a doedd neb eisiau clywed am ei anturiaethau, heblaw am un ferch leol. Muriel oedd honno. Hi oedd yr unig un a ddangosodd unrhyw ddiddordeb yn ei luniau a'i helyntion. Cyn pen dim roedd y ddau yn cerdded braich ym mraich o'r capel.

Ar ei fis mêl y sylweddolodd maint ei gamgymeriad. Ar y traeth yn Majorca, roedd bron pob un o'r merched a basiai heibio yn edrych yn fwy deniadol iddo na'i wraig ifanc, newydd a orweddai wrth ei ymyl.

Pennod 13
Mehefin y 6ed

Bore digon cyffredin oedd hi yng nghartref Peredur a Muriel Parry. Gan fod Muriel yn y lolfa yn diddanu merched yr ardal, aeth Peredur am dro bach digon hamddenol. Roedd gan Muriel hanner dwsin o wragedd tŷ lleol draw am baned a theisen ac yn eu mysg roedd Saesnes o'r enw Penny. Byddai wastad tensiwn yn ffrwtian rhywle rhwng Penny a'r gweddill, felly, doedd wiw iddynt drafod pynciau llosg fel gwleidyddiaeth na'r iaith Gymraeg.

Aeth Penny i'w bag i nôl ei phwrcasiad diweddaraf *'This is my favourite novel ever.'* Yn ei llaw daliai Penny nofel ddiweddaraf Agatha Christie, *And then there were none*. Aeth Muriel fel bollt am y silff lyfrau yn y lolfa a chwipio copi o'r *Wisg Sidan* o'r silff. *'And this is my favourite.'* Buan yr aeth hi'n ddadl rhwng y ddwy. Edrychai'r pedair arall arnynt o'r naill i'r llall gan ryfeddu bod Muriel wedi codi dadl â hi.

Daeth yr ornest i ben pan ganodd cloch y tŷ. Rhewodd Muriel fel delw pan agorodd y drws a gweld dau heddwas yn sefyll yno.

'Sori i'ch trwblu chi. Ydy Peredur Parry yma, os gwelwch yn dda?'

'Nac ydy, mae o wedi mynd am dro. Fi ydy Muriel Parry, ei wraig o. Sut medra i eich helpu chi?' gofynnodd mewn llais pryderus.

'Fedrwch chi gadarnhau a oedd eich gŵr adref neu yn y gwaith echdoe? Y 4ydd o Fehefin?'

Aeth Muriel i edrych ar y calendr yn y gegin.

'Mi oedd o yn y gwaith ym Mangor,' atebodd ar ôl dychwelyd.

'Fedrwch chi ofyn iddo ddod i swyddfa'r heddlu yng Nghaergybi yfory, os gwelwch yn dda? Ydy ei gar o yma?'

'Yndi, rownd y cefn.'

'Oes posib i ni gael y goriad? 'Da ni am fynd â'r car, ond mi gewch chi o 'nôl cyn gynted â phosib.'

'Arhoswch funud.'

Aeth Muriel i'r gegin i nôl y goriad o'r bachyn. Roedd ei chalon yn curo fel drwm. Ar ôl trosglwyddo'r goriad caeodd Muriel y drws. Clywodd leisiau'r gwragedd yn y lolfa yn sibrwd wrth wylio un o'r heddlu yn gyrru car Peredur i ffwrdd. Mewn llai na munud roedd popeth drosodd a'r heddlu wedi gadael.

Cymerodd Muriel anadl ddofn wrth gerdded yn ôl i'r lolfa gyda gwên ddewr.

'Pwy sydd am fwy o de?' holodd gan geisio actio fel na phetai unrhyw beth anghyffredin wedi digwydd, er ei bod yn berwi fel tegell mewn gwirionedd.

Pennod 14

Ymhen hir a hwyr daeth Peredur yn ôl adref. Arhosai Muriel amdano yn y gegin gydag wyneb fel taran a sbectol ffyrnig yr olwg ar bigyn ei thrwyn.

'Sut aeth y te a'r deisen, cariad?' holodd Peredur yn ysgafn gan dderbyn wal o ddistawrwydd fel ymateb.

Croesodd Muriel ei breichiau mewn protest.

'Be sy?' holodd Peredur.

'Fedrwch chi egluro pam bod yr heddlu wedi dod yma yn chwilio amdanoch chi?'

Er mwyn osgoi llygaid iasoer ei wraig, gwibiai llygaid Peredur i bob cyfeiriad a chododd ei ysgwyddau yn ddifater. Camodd Muriel tuag ato ac ymestyn ar flaen ei thraed yn fygythiol.

'Pam roedden nhw'n holi ble roeddech chi ar y pedwerydd o Fehefin? A pham maen nhw wedi mynd â'ch car chi i swyddfa'r heddlu yng Nghaergybi?'

Edrychodd Peredur drwy'r ffenest. Suddodd ei galon wrth weld bod y lle parcio yn wag.

'Wel? Eglurwch eich hun, Peredur. RŴAN!'

Ar ôl cymryd anadl ddofn, ceisiodd Peredur egluro.

'Ddoe, cefais fy stopio ar yr A5 gan yr heddlu. Roedden nhw'n stopio ceir pawb a holi am y ferch aeth ar goll ar y pedwerydd o Fehefin. Mae'n rhaid eu bod nhw wedi dod yma ac am barhau â'r sgwrs honno.'

'Ond pam maen nhw angen parhau â'r sgwrs? A pham mynd â'r car?'

'Dim ond rŵtin,' eglurodd Peredur yn ceisio gwneud i'r digwyddiad ymddangos yn ddibwys.

Er i Muriel synhwyro bod rhywbeth rhyfedd wedi digwydd, doedd hi ddim am barhau'r sgwrs gan fod ymarfer côr ganddi. Gwisgodd ei chôt a siarsiodd ei gŵr cyn gadael.

'Dwi byth eisiau cael profiad fel yna eto, Peredur. Doeddwn i ddim yn gwybod lle i droi. Yr heddlu yn mynd â'r car i ffwrdd o flaen fy ffrindiau. Duw a ŵyr pa fath o glecs fydd yn troelli'r ardal ar ôl hyn.'

'Iawn, cariad. Camddealltwriaeth ydy'r cyfan.'

Caeodd Muriel y drws yn glep.

Arhosodd Peredur nes iddi fynd cyn troi at yr ystafell fach yng nghefn y tŷ. Agorodd ddrws y gist yn y gornel a thynnu cês gwag i lawr o dop y cwpwrdd. Dechreuodd lwytho'r cês efo'r casgliad amrywiol o gylchgronau budr a gadwai yno. Roedd o angen cael gwared ar y cyfan ar fyrder rhag ofn i'r heddlu ddod 'nôl i'r tŷ i wneud ymchwiliadau. Casglodd fatsis o'r gegin ac aeth â'r cyfan i lawr i waelod yr ardd, i'r man lle byddai'n llosgi dail. Gwagiodd y cyfan o'r cês a sefyll i wylio'r goelcerth.

Teimlai ryddhad i gychwyn; rhyddhad o weld y fflamau'n cydio yn ei gyfrinachau. Roedd o'n falch gweld y merched noeth yn llosgi'n ulw o'i flaen. Petai'r heddlu yn cael gafael arnynt, byddent yn eu defnyddio fel tystiolaeth yn ei erbyn yn ddiddadl. O nabod yr heddlu a'u ffyrdd crwca, gwyddai y byddent yn ystumio popeth i honni bod y cylchgronau yn brawf bod ganddo ddiddordeb mewn merched ysgol, fel Elin Williams.

Na, doedd o ddim am adael i hynny ddigwydd. Roedd o'n rhy gyfrwys. Anadlodd anadl hir o ryddhad a theimlo gwres y fflamau yn gynnes ar ei rudd. Oedd, roedd o'n mynd i fod yn iawn; dim ond cadw at ei stori, dyna i gyd roedd angen iddo wneud. Trodd ei gefn ar y tân ac ymlwybro 'nôl i'r tŷ.

* * *

Y noson honno roedd Peredur yn methu'n lân â chysgu, am fod popeth yn troi yn ei ben. Dechreuodd bendwmpian 'nôl a blaen rhwng cwsg ac effro tan i'r blinder afael ynddo. Llithrodd i gwsg a dechrau breuddwydio. Yn ei freuddwyd roedd yn y car gydag Elin Williams wrth ei ochr. Doedd o ddim yn siŵr i ble roedd y car yn mynd, ond roedd y ddau yn chwerthin ac yn mwynhau cwmni ei gilydd – yn y freuddwyd roedd Elin wrthi'n creu lluniau a Peredur yn canmol ei gwaith.

Yng nghanol y freuddwyd hapus gwyliodd Peredur ei law ei hun yn symud o'r llyw ac yn crwydro'n araf tuag at goes Elin. Digwyddai popeth mor araf yn ei freuddwyd wrth iddo wylio ei law yn hofran uwchben ei phen-glin am funud. Gyda'i holl nerth ceisiodd stopio ei hun rhag ei chyffwrdd, ond crwydrodd ei law yn uwch ac yn uwch. Gyda'i holl nerth llwyddodd Peredur i estyn i mewn i'w freuddwyd ei hun a thynnu ei law yn ôl. Deffrodd o'r freuddwyd. Roedd o'n chwys domen. Cododd ar ei eistedd yn y gwely. Er ei fod o wedi stopio ei hun rhag cyffwrdd yn y ferch yn amhriodol yn y freuddwyd, dim dyna ddigwyddodd go iawn ac roedd y realiti hwnnw yn troi a throsi yn ei ben.

Ar y pedwerydd o Fehefin, roedd o'n cofio popeth mor glir. Doedd o ddim wedi bwriadu ei dychryn hi, dim ond bod yn dadol oedd o pan wasgodd ei phen glin fel yna. Dyna sut y byddai o wastad yn dangos ei edmygedd at ferched.

* * *

Nid Peredur oedd yr unig un a gâi drafferth cysgu'r noson honno. Ym mherfeddion y nos cododd Muriel, wedi troi a throsi'n anesmwyth drwy'r nos, wrth feddwl am ymweliad yr heddlu.

Aeth allan o'i hystafell a heibio i ystafell wely Peredur a oedd yn chwyrnu'n rhythmig gan gadw amseriad sŵn ei thraed wrth iddi fynd i lawr y grisiau. Berwodd y tegell i wneud te ac eisteddodd wrth y bwrdd i hel meddyliau. Pam bod gan yr heddlu gymaint o ddiddordeb yn y car, fel bod yn rhaid ei yrru i ffwrdd i'w archwilio?

Wrth eistedd ar ei phen ei hun yn y gegin yn yfed ei phaned daeth arogl myglyd i'w ffroenau. Ar y bachyn gerllaw sylwodd ar siaced Peredur yn hongian a gwyddai Muriel yn syth mai o'i ddillad y codai'r arogl unigryw wedi iddo fod yn llosgi sbwriel. Gwisgodd gôt a mynd i waelod yr ardd i chwilota yng ngweddillion y goelcerth roedd Peredur wedi ei thanio'r noson cynt. Roedd hi'n amlwg bod cawod o law wedi diffodd rhai o'r fflamau olaf cyn iddynt losgi'r cyfan.

Cododd frigyn a dechreuodd bwnio'r gweddillion. Ebychodd mewn sioc pan welodd gynnwys y cylchgronau. Daeth ton o ffieidd-dra drosti wrth iddi bwnio a gweld mwy a mwy o fudreddi. Pam ei fod o wedi rhedeg allan i losgi'r rhain ar ôl ymweliad yr heddlu? Pa fath o anghenfil roedd hi wedi ei briodi? A pha gyfrinach dywyll arall roedd o wedi bod yn ei gelu rhagddi?

Pennod 15

Drannoeth, aeth Peredur Parry i Gaergybi mewn tacsi. Rhegodd dan ei wynt pan glywodd y pris am y daith. 'Blydi lleidr,' meddai'n ddistaw wrth gyfri'r arian cywir i dalu'r gyrrwr.

Aeth Peredur at fynedfa'r orsaf lle safai dyn ifanc brwdfrydig mewn siwt flêr yr olwg. Roedd ganddo lyfr yn ei law ac edrychai'n eiddgar i ddal ei sylw. Daeth Peredur i'r casgliad fod y dyn ifanc eisiau ei lofnod. Doedd o ddim yn aml yn cael ei stopio ar y stryd fel hyn, dim ond ar faes yr Eisteddfod Genedlaethol y byddai hynny'n digwydd, fel arfer.

'Peredur Parry?' holodd y dyn.

Mwstrodd Peredur wên fach. Roedd hi'n bwysig cadw ei urddas, yn enwedig gan fod y dyn ifanc mor frwdfrydig i gael ei lofnod.

'Bore da. Isio fy *autograph* i 'da chi?'

Wrth glosio ato sylweddolodd Peredur mai newyddiadurwr oedd y dyn.

'Ydi o'n wir bod yr heddlu wedi mynd â'ch car chi i'w archwilio?' holodd.

Stopiodd Peredur yn stond ar ôl clywed y cwestiwn ac edrych arno'n fanwl o'i wallt seimllyd i lawr at ei esgidiau blêr. Pa hawl oedd gan yr hogyn gwirion hwn ofyn y fath gwestiwn? A sut roedd o'n gwybod am y car? Yna, gwibiodd ei feddwl 'nôl at ffrindiau Muriel yn y lolfa a sylweddolodd. Roedd rhywun, ym mhlith ei ffrindiau dauwynebog hi, wedi agor ei cheg fawr. Penderfynodd Peredur mai dweud dim byd fyddai orau.

'Ydach chi yma i gael eich holi am ddiflaniad Elin Williams?' holodd y dyn, cyn iddo gael siawns i ddianc.

Ebychodd Peredur. 'Yr hen ddiawl bach,' meddyliodd wrth wthio heibio iddo. Cododd y dyn ifanc gamera. Dallwyd Peredur am eiliad gan y fflach. Wedi tynnu'r llun, cerddodd y newyddiadurwr i ffwrdd, gan adael Peredur yn sefyll yno'n syfrdan.

Pum munud wedi ei brofiad ysgytwol wrth y drws, roedd Peredur Parry yn eistedd gyferbyn â D.I. John ac yn smocio sigarét. Ildiodd i demtasiwn ar ôl i'r D.I. fflachio un o dan ei drwyn – roedd o angen sigarét ar ôl ei brofiad efo'r clown ifanc y tu allan. Ar ôl diolch iddo am ddod i mewn, trodd y sgwrs at y cwestiwn oedd ar flaen tafod D.I. John.

'Derbyniais adroddiad gan PC Jones ei fod wedi eich cyfweld chi ar yr A5 ddoe. Dwedoch chi eich bod adref yn eich cartref drwy'r dydd ar y pedwerydd o Fehefin?'

Roedd Peredur eisoes wedi paratoi eglurhad am ei gelwydd. Aeth i'w boced a gwneud sioe o nôl ei ddyddiadur. Bodiodd y tudalennau nes dod o hyd i'r dudalen gywir, ac yna ysgydwodd ei ben.

'Ah! Ymddiheuriadau. Doedd y dyddiadur yma ddim gen i ar y pryd. Oeddwn, mi oeddwn i yn y gwaith yn y BBC ym Mangor ar y pedwerydd.'

'Diolch am gadarnhau. Mae llygad dyst dibynadwy wedi dod ymlaen a dweud ei bod hi'n cofio gweld car coch yn stopio a chynnig lifft i Elin Williams. Ai chi oedd y dyn yna, Mr Parry?'

Aeth wyneb Peredur yn welw fel coban nos ei wraig. Teimlodd lygaid gleision yr heddwas yn cropian dros ei wyneb a bu'n rhaid iddo edrych i ffwrdd cyn iddynt sugno'r gwirionedd allan ohono. Ysgydwodd ei ben.

'Na. 'Nes i yrru'n syth adref heb stopio. Dwi ddim yn cofio ei gweld hi.'

Daliodd Peredur ei wynt ar ôl ei gelwydd. Gadawodd D.I. John seibiant bach, rhag ofn bod Peredur eisiau ail ystyried ei ateb.

'Mae'r tîm fforensig wedi darganfod olion bysedd Elin Williams yn sedd flaen eich car a sawl strand o'i gwallt. Sut 'dach chi'n egluro hynny, Mr Parry?'

Yn reddfol, caeodd Peredur ei lygaid er mwyn dianc rhag y twll roedd o ynddo erbyn hyn. Yn y düwch dychmygodd ei hun yn cerdded ar draeth unig. Un o draethau Ynys Môn, y tywod gwyn rhwng bodiau ei draed ac oglau halen yn y gwynt.

'Mr Parry?' Daeth llais yr heddwas â fo 'nôl i'r ystafell gyfweld.

Casglodd cymylau o anobaith amdano – roedd o wedi ei gornelu gan ei gelwydd ei hun. Dechreuodd ei galon bwmpio mor galed nes ei fod o'n teimlo'r curiadau ym mlaenau ei fysedd. Sut medrai o ddianc o'r sefyllfa erchyll hon? Yna, o rywle, teimlodd rhyw reddf gynhenid yn cydio ynddo a'i ysgwyd. Gostyngodd Peredur dôn ei lais. Roedd blynyddoedd o ddarlledu wedi rhoi'r arfau iddo ddewis pa bynnag lais fyddai'n siwtio'r achlysur.

'Da chi'n iawn, Inspector. Mi 'nes i roi lifft iddi. 'Nes i stopio a chynnig lifft adref iddi achos ei bod hi wedi dechrau glawio. Yr unig reswm 'nes i ddim cyfaddef oedd bod arna i ormod o ofn. Ofn cael fy meio. Ofn cael bai ar gam.'

Ar ôl gwrando ar ei eglurhad, agorodd D.I. John ei flwch sigaréts a chynnig un arall iddo fel gwobr am ei gyfaddefiad. Taniodd Peredur y sigarét ac anadlodd gwmwl o ryddhad. Dechreuodd ei galon ddychwelyd i ryw fath o normalrwydd.

'Be ddigwyddodd wedyn?' holodd yr heddwas ar ôl seibiant.

Llithrodd y geiriau o'i geg gyda mwg ei sigarét. 'Mi oedd pob dim yn iawn am ychydig ond yn sydyn, am ryw reswm, cyhoeddodd ei bod hi am gerdded gweddill y ffordd adref. Mi stopiais, mi aeth hi allan o'r car a dyna ni. Dyna ddigwyddodd. Dyna'r gwirionedd.'

'Faint o'r gloch oedd hyn a ble roeddech chi?'

'Tua pump o'r gloch oedd hi, erbyn hynny. Tu allan i bentref Rhoscefnhir.'

Cododd D.I. John un ael yn chwilfrydig, gan y gwyddai fod y ffordd i Rhoscefnhir yn mynd i'r cyfeiriad arall, yn hytrach nag i Benmynydd.

'Ond tydi Rhoscefnhir ddim ar eich ffordd adref, Syr?'

'Mi benderfynais gymryd y *scenic route* adref,' atebodd Peredur.

'Nath rhywun eich␣weld chi ar y ffordd adref? Rhywun all gadarnhau eich stori?'

Pendronodd Peredur. Yna, cofiodd iddo stopio yn y siop leol cyn mynd adref.

'Mi sylweddolais 'mod i'n brin o betrol. Felly, mi brynais alwyn o betrol yn y siop leol cyn mynd adref. Dim ond galwyn achos mae petrol Arthur yn ddrytach na phrisiau garejys Bangor.'

Ar ôl gwneud nodyn o'r ateb, pwysodd y ditectif yn ôl yn ei gadair i bendroni. Cribiniodd drwy bob gwelltyn o wybodaeth yn ei ben i geisio rhoi trefn ar y jig-so o'i flaen. Oedd Peredur Parry yn dweud y gwir o'r diwedd? Roedd hi'n anodd dweud. Cawsai dystiolaeth ei fod wedi ei gyhuddo o drin merched yn amhriodol yng nghoridorau'r BBC ym Mangor.

Er iddo newid ei stori, credai D.I. John fod y fersiwn newydd yn swnio'n bosib, yn debygol o fod yn wir, hyd yn oed. Dim ond un peth wnaeth y canlyniadau fforensig ei brofi, sef bod Elin Williams wedi bod yn ei gar. Heb gyffesiad, neu dystiolaeth ychwanegol, doedd dim modd profi bod Peredur Parry wedi gwneud dim mwy na rhoi lifft iddi, felly roedd o'n ddigon bodlon gorffen y cyfweliad. Er byddai angen iddo wneud ymholiadau pellach.

'Reit, ar ôl i chi arwyddo *statement* yn cadarnhau yr hyn 'da chi wedi ei ddweud heddiw, mi gewch chi fynd, Mr Parry. Dwi'n siŵr y byddwn ni mewn cysylltiad am sgwrs bellach, yn fuan.'

Pennod 16

Roedd yr awyrgylch yng nghegin Muriel a Peredur Parry yn oer fel ogof a doedd dim gair wedi bod rhyngddynt dros frecwast. Eisteddai Peredur wrth y bwrdd yn bwyta tost tra yfai ei wraig ei phaned gan syllu allan i'r ardd gefn a thapio'i modrwy briodas ar y gwpan i ryw diwn annelwig yn ei phen.

Er ei fod o'n casáu'r tawelwch, gwyddai mai dyma oedd ei gosb haeddiannol am godi cywilydd arni o flaen ei ffrindiau. Rhaid oedd goddef y distawrwydd tan y byddai hi'n barod i faddau iddo. Gwyddai Peredur o brofiad, beth fyddai ei dynged. Ar ôl ei gosbi drwy ei ddiystyru, deuai Muriel at ei choed. O leiaf roedd y car yn ôl yn ei briod le o flaen y tŷ a bwriadai gynnig mynd â hi i siopa ar y penwythnos, i ddangos ei fod yn edifarhau. Gan fod yr heddlu bellach yn fodlon â'i eglurhad, roedd y bennod anffodus hon ar fin cau.

Roedd ganddo broblem arall, nid un mawr ond un hollol ymarferol. Roedd llinyn trowsus ei byjamas wedi torri a doedd o ddim mewn sefyllfa i ofyn i Muriel roi llinyn newydd ynddynt ar hyn o bryd. Felly, cerddai Peredur o gwmpas y gegin gydag un llaw yn gafael yn dynn yn nhrowsus ei byjamas.

Clywodd y ddau sŵn cloch beic. Doedd Peredur erioed wedi bod mor falch o weld bachgen y papur newydd yn seiclo at y tŷ ac yn gwthio'r *North Wales Chronicle* drwy'r drws. Cododd fel bollt o'i gadair a mynd i'r neuadd i'w gasglu. Dyma oedd y ffordd orau i adfer y sefyllfa, gan fod

Muriel wastad yn bywiogi o gael y papur newydd i'w ddarllen.

Cododd Peredur y papur. Rhewodd fel delw wrth weld ei lun ar y dudalen flaen. Yn y llun dramatig hwnnw roedd Peredur wedi codi ei law mewn protest. Gwnâi hynny rywsut iddo ymddangos fel petai'n euog. Yn ei sioc o weld ei lun ar glawr y papur, roedd Peredur wedi gollwng ei afael ar drowsus ei byjamas. Syrthiasant yn bentwr o gwmpas ei ffêr a phan ddaeth Muriel i'r golwg cafodd sioc enfawr o weld ei gŵr wedi ei ddinoethi ymhob ystyr posib y gair. Cuddiodd Peredur y papur tu ôl i'w gefn ond roedd hi'n rhy hwyr, roedd Muriel wedi sylwi ar y llun.

'Rho'r papur 'na i mi.'

Cododd Peredur ei drowsus a rhoi'r papur iddi yn llywaeth.

'Beth bynnag mae o'n ddweud, tydi o ddim yn wir,' protestiodd wrth i'w feddwl fflachio 'nôl at y sgwrs bigog efo'r newyddiadurwr blêr o flaen gorsaf yr heddlu.

Dechreuodd Muriel ddarllen yn uchel. '*Peredur Parry, BBC Newsreader, has been questioned by Police over the disappearance of missing local school girl, Elin Williams. We understand that the police have also seized his car.*'

Trodd wyneb Muriel yn welw. Rhythodd o'i blaen fel petai hi mewn breuddwyd. Dychmygodd y miloedd ar filoedd o bobl yn darllen yr erthygl. Yn ei thymer lluchiodd y papur newydd ato a dringo'r grisiau tua'r llofftydd. Clywodd Peredur sŵn cês yn cael ei bacio. Sŵn traed Muriel yn cerdded 'nôl a blaen yn benderfynol, wrth iddi gasglu ei dillad. Doedd dim y gallai ei wneud. Ciliodd i'w ystafell fach ei hun yng nghefn y tŷ ac eistedd. Mewn distawrwydd, arhosodd yno i wrando am sŵn drws y ffrynt yn cau yn glep ar ei hôl.

Pennod 17

Cododd D.I. John yn fore a phenderfynu mynd i bentref Rhoscefnhir. Yno, penderfynodd gerdded i gyfeiriad Penmynydd, gyda'r bwriad o ail gerdded yr union lwybr y dwedodd Peredur Parry fod Elin Williams wedi ei gymryd ar ôl gadael ei gar. Roedd haul y bore yn gryf a bu'n rhaid iddo rwbio ei lygaid wrth gamu allan o'r car. Doedd yr ardal ddim wedi newid fawr ddim mewn canrif, meddyliodd, wrth droedio'r lôn gul rhwng plwy Rhoscefnhir a Phenmynydd.

Ar gyrion Penmynydd gwelodd Morris Thousand yn nesáu ar gyflymder malwen. Plygai'r gyrrwr ymlaen dros yr olwyn, fel petai o'n ceisio mynd cyn agosed â phosib at ffenest y car. Wrth nesáu, gwelodd fod wyneb yr hen ddyn wedi crychu, yn ei ymdrech i ganolbwyntio i gadw'r modur ar y lôn. Hongiai sigarét *Woodbine* yn ddiog o'i geg a syllai yn syth yn ei flaen gan ddiystyru pawb a phopeth arall.

Camodd D.I. John i ganol y lôn gan ddal bathodyn yr heddlu o'i flaen i geisio perswadio'r dyn i stopio. Daeth y cerbyd i stop o fewn ychydig fodfeddi i'w goesau.

'Be ddiawl 'da chi isho ddyn?' galwodd y dyn yn ddiamynedd drwy'r ffenest.

Aeth at ffenest y car. 'Ga i gymryd eich enw chi, syr? 'Da chi'n byw yn lleol?'

'Yndw, siŵr Dduw 'mod i. Ers *seventy years* a mwy. Ma' pawb yn 'y ngalw i'n Robat Tŷ Hir.'

Pe bai gyrwyr yn ddigon anlwcus i ddod benben â Robat Tŷ Hir yn ei Morris Thousand, y cyfan a wnâi fyddai stopio a syllu. Syllu nes i'r gyrrwr arall ildio a bagio. Y jôc ymysg y ffermwyr lleol oedd bod cwmni ceir Morris wedi anghofio yn y ffatri rhoi gêr revers ar gar Robat Tŷ Hir.

'Fyddwch chi'n dod ar hyd y lôn yma bob dydd?'

'Bydda. Dwi'n godro'r gwartheg ddwywaith y dydd. Ben bore a tua hanner awr wedi pump gyda'r nos.'

'Pwy welsoch chi ar y lôn yma ar y 4ydd o Fehefin? Fedrwch chi gofio?'

Aeth Robat yn dawel am funud wrth hel ei feddyliau.

'Dwi'n cofio gweld y dyn diawledig 'na o'r BBC yma. Mi oedd o'n gyrru'n gyflym fel arfer. Mae o'n meddwl mai fo bia'r lôn'

'Oedd o ar ei ben ei hun yn y car?'

'Oedd, dim ond fo oedd yn y car.'

'Welsoch chi'r ferch yma o gwbl ar y diwrnod hwnnw?'

Dangosodd lun o Elin Williams iddo.

'Do, Tad. Mi welais hi'n cerdded heibio jest ar ôl gweld y boi BBC.'

Os oedd ffeithiau yr hen ffermwr yn iawn, roedd ei dystiolaeth yn gosod Elin Williams yn ardal Rhoscefnhir tua hanner awr wedi pump ac roedd fersiwn Peredur Parry yn dechrau swnio'n gredadwy, fel roedd o wedi ei amau.

* * *

Byddai Arthur Lewis yn agor ei siop am wyth bob bore a deuai nifer dda o drigolion Penmynydd yno yn eu tro, gan nad oedd siop arall am filltiroedd ym mhob cyfeiriad. Gwerthai nwyddau hanfodol na allai neb fyw hebddynt, yn ogystal â baco a sigaréts ac er nad oes ganddo drwydded i werthu alcohol, byddai yn cadw cyflenwad o wisgi o dan y cownter i ambell gwsmer selog. Yn fyr ac yn dew a thros ei drigain oed, gwisgai Arthur gôt frown siopwr, er mwyn ymddangos fel gŵr busnes. O flaen y drws roedd cloch yn hongian sy'n canu bob tro y deuai rhywun i mewn i'r siop. Roedd hynny'n fendith ar ddiwrnod fel heddiw, gan fod Arthur yn gwneud ychydig o dacluso yn y cefn.

'Daliwch eich dŵr, daliwch eich dŵr,' meddai'n uchel wrth ddod trwodd o'r cefn i weini ar ei gwsmer. Yn lle un o'r trigolion safai dieithryn cyhyrog dros ei chwe throedfedd; gyda'i het a'i lygaid gleision trawiadol, credai Arthur fod y dieithryn y peth tebycaf i Clark Gable a welsai erioed. Roedd y dyn yn darllen rhai o'r hysbysebion ar hysbysfwrdd y siop.

'Can I help you, Sir?' holodd Arthur.

'Strand,' dwedodd y dyn yn nodio at y sigaréts a'i wyneb yn hollol ddifynegiant. Gan fod y sigaréts i gyd yn uchel ar un o'r silffoedd, bu'n rhaid i Arthur ddringo ei stepiau cyn estyn paced iddo.

'Three and tupence' meddai Arthur wedi iddo roi'r pecyn ar y cownter.

Gwagiodd y dyn ei newid ar y cownter a phigodd Arthur yr arian cywir o'r domen fach o bres.

'Thank you. Will that be all, Sir?'

Ar ôl i'r dyn bocedu'r sigaréts tynnodd fathodyn yr heddlu o'i boced. Neidiodd calon Arthur guriad wrth iddo gipio golwg sydyn, yn llawn euogrwydd, i gyfeiriad y poteli wisgi anghyfreithlon o dan y cownter.

'O! Sut medra i eich helpu chi?' holodd gyda chryndod amlwg yn ei lais.

Tynnodd D.I. John lun Elin Williams o'i boced. 'Dwi'n cymryd eich bod chi'n gwybod am Elin, y ferch leol aeth ar goll ar y pedwerydd o Fehefin.'

Nodiodd Arthur.

'Welsoch chi hi ar y diwrnod y diflannodd hi?'

Ysgydwodd Arthur ei ben. 'Naddo. Anaml iawn y byddai hi'n dod i'r siop yma.'

'Ar y 4ydd o Fehefin, tua hanner awr wedi pump y prynhawn, mae dyn lleol, Peredur Parry, yn dweud iddo brynu galwyn o betrol yma. Fedrwch chi gadarnhau hynny?'

Llithrodd Arthur ei gap stabl oddi ar ei ben fymryn er mwyn crafu ei gorun a meddwl. 'Yndw, dwi'n meddwl 'mod i'n cofio gwerthu petrol iddo. Yndw, dwi'n cofio achos mi o'n i'n siomedig.'

'Siomedig?'

'Ia, achos mai dim ond galwyn brynodd o. 'Da chi'n gwybod cyn lleied o elw dwi'n gwneud ar werthu petrol? Hen un tyn efo'i bres ydi o.'

'Oedd Peredur Parry ar ei ben ei hun?'

'Oedd, yn bendant ar ei ben ei hun. Dwi'n cofio mynd allan i ddatgloi'r pwmp petrol a chael ychydig o siom nad oedd Muriel, ei wraig, ddim efo fo, achos mae hi'n gwsmer da. Petai hi yn y car, mi fasa hi wedi dod i mewn i'r siop a phrynu llawar o nwydda.'

Pennod 18

Dwy filltir o bentref Penmynydd ar ochr ddwyreiniol Ynys Môn mae Traeth Coch, yn draeth sy'n ymestyn am ryw ddwy filltir a hanner. Mae Castell Mawr, sef twr enfawr o galchfaen, ar lan ogleddol y traeth yn lloches i amrywiaeth o wylanod. Mae Mynydd Llwydiarth yn codi o Draeth Coch ac yn cynnig golygfeydd godidog i bob cyfeiriad. Nid nepell o gopa'r mynydd cuddia Llyn Llwydiarth, un o gyfrinachau hardd mewn llecyn unig ar Ynys Môn. Dyma loches y wiwer goch ac amrywiaeth o adar, gan gynnwys y gylfinir, pioden y môr, y pibydd coesgoch a phibydd y mawn. Gellir gweld nifer o adar hela eraill yma'n gyson, gan gynnwys gwyddau duon yn ystod misoedd y gaeaf. Ambell dro daw'r dyfrgi yno i chwarae.

  Bythefnos ar ôl diflaniad Elin Williams roedd Walter Cartwright yn cerdded ei gi ar lan Llyn Llwydiarth pan welodd law yn y dŵr. I gychwyn, oherwydd bod y llaw mor welw, gwnaeth iddo gredu bod rhywun wedi taflu mannequin i mewn i'r llyn, y math o ddelw yr arferai rhywun ei weld mewn ffenest siop ddillad. Dim ond wrth bwnio'r llaw â'i ffon gerdded y sylweddolodd Walter ddifrifoldeb ei ddarganfyddiad.

Pennod 19
Mehefin 18

Safai D.I. John yn y mortiwari oer ym Mangor yn syllu ar gorff a hwnnw yn gleisiau i gyd. Yn plygu uwchben y corff roedd patholegydd mewn côt wen yn hwmian rhyw diwn fach iddo ef ei hun wrth wneud ei waith. Bu D.I. John yn cysuro Jean Williams, wedi iddi gadarnhau mai corff ei merch, Elin oedd yn gorwedd ar y garreg.

'Unrhyw syniad sut y bu hi farw?' holodd.

'Mi oedd hi wedi marw cyn cael ei rhoi yn y dŵr,' atebodd y patholegydd gan bwyntio at y cleisiau ar ei gwddf.

'Mae hi wedi cael ei thagu i farwolaeth ac mae tystiolaeth ei bod hi wedi cael ei threisio hefyd. Droeon,' ychwanegodd.

'Unrhyw syniad pryd y bu hi farw?'

'Anodd dweud yn union, ond mae rigor mortis wedi dechrau gadael y corff, felly ers deuddydd yn fy marn i, fan pella.'

Pwyntiodd y patholegydd at y rhaff am arddyrnau'r ferch a throdd at y Saesneg.

'Her hands have been tied with a strong thin rope made of natural hemp.'

Agorwyd drws yr ystafell. Rhegodd D.I. John dan ei wynt pan welodd D.I. Parry. Yn amlwg, roedd o wedi dod i geisio cymryd rheolaeth dros yr achos, ond doedd o ddim am ildio modfedd iddo. Fo oedd piau'r achos hwn, gan mai fo fu'n ymwneud â'r achos o'r dechrau!

'Oes 'na *cause and time of death*? holodd D.I. Parry wrth nesáu atynt.

Torrodd D.I. John ar ei draws. 'Does dim angen i ti ymyrryd. Fy achos i ydy hwn.'

Roedd D.I. Parry ar fin ei ateb pan welodd y corff. Plygodd yn ei hanner fel petai rhywun wedi ei bwnio yn ei stumog a dechrau chwydu'n afreolus ar y llawr.

'Allan! Allan o'r *mortuary*. Rŵan!' gwaeddodd y patholegydd ac wedi ei dywys allan, rhoddodd glep i'r drws ar ei ôl.

'Unrhyw syniad ble cafodd hi ei lladd? Y tro diwethaf gwelwyd hi, roedd hi ar yr A5 – sawl milltir o'r llyn.'

Pwyntiodd y patholegydd at ei thraed noeth.

'Does dim marc ar ei thraed. Mae ardal Llyn Llwydiarth yn llawn o bob math o fieri a choed, felly dwi'n credu bod y llofrudd wedi ei lladd cyn hynny ac wedi ei chario at y Llyn, cyn ei thaflu i mewn iddo.'

Tynnodd y patholegydd liain drosti. 'Mi fydda i wedi gorffen erbyn y bore a bydd modd i mi ryddhau'r corff i'r teulu wedyn.

Pennod 20

Gyrrodd Peredur Parry i'w waith drannoeth heb wybod bod y stori am ddarganfyddiad y corff yn y llyn lleol wedi torri. Ar ôl parcio, gwelodd Tom y Ceiliog yn dod allan o adeilad y BBC. Haeddai Tom yr enw oherwydd mai fo fyddai wastad yn gwneud y shifft foreol ac fel llwyr ymwrthodwr, fyddai o byth yn dioddef o *hangovers,* felly byddai o'n ddelfrydol ar gyfer ymdopi â gweithio yn ystod yr oriau cynnar. Byddai gan Tom bob amser stori neu jôc wrth law, ond pan welodd Peredur yn nesáu ato brasgamodd am ei gar. Galwodd Peredur arno, ond roedd Tom wedi gadael ac wedi osgoi aros am sgwrs.

Ar ôl mynd trwy ddrysau'r BBC, rhewodd Peredur. Ar y bwrdd mawr yng nghanol y dderbynfa, roedd y papur dyddiol yn sôn am y darganfyddiad ac yn arwain gyda'r pennawd *Llofrudd Llyn Llwydiarth.* Teimlai fod ei geg wedi mynd yn hollol sych yn sydyn. Ysgydwodd ei ben mewn anghrediniaeth a cherdded at ei ddesg mewn sioc. Yfodd wydriad o ddŵr i geisio dod ato'i hun. Yn ystod y munudau nesaf ceisiodd Peredur daro sgwrs efo un neu ddau o'i gydweithwyr, ond doedd neb yn awyddus iawn i sgwrsio gydag o.

Doedd Peredur erioed wedi bod mor falch o weld wyneb Gareth Elias, ei gyd-gyflwynydd.

'Hei, sut wyt ti?' holodd Peredur, ei dôn yn dipyn mwy brwdfrydig nag arfer tuag ato.

Rhewodd Gareth pan welodd Peredur. "Da ni ddim i fod i siarad efo chdi,' sibrydodd.

'Duw pam? Pwy sy'n dweud?'

'Ordors gan Gwilym, y pennaeth. Mi gawson ni gyfarfod staff peth cyntaf bore 'ma.'

Cyn i Peredur gael cyfle i holi Gareth ymhellach, clywodd lais Gwilym yn galw ei enw. Roedd yn sefyll yng nghanol y swyddfa a'i wyneb fel taran a safai Ifor, y swyddog diogelwch, wrth ei ochr.

'Dwi wedi bod yn trio cael gafael arnat ti. 'Da ni wedi dy wahardd di o dy swydd – *pending enquiry*. Neith Ifor y *Security Guard* dy hebrwng di o'r adeilad.'

Prin y medrai Peredur gredu ei glustiau wrth glywed beth oedd penderfyniad Gwilym. 'Ond beth am fy ngwaith darlledu?' protestiodd.

'Ti'n *suspended*, Peredur. Ti wedi ein rhoi ni mewn sefyllfa amhosib. Maen nhw wedi ffeindio corff y ferch ifanc yna. Cefaist dy holi gan yr heddlu ddoe, felly ti'n amlwg o dan amheuaeth! Mae'n rhaid i ni gymryd camau i warchod enw da'r BBC. Bydd Gareth Elias yn gwneud dy waith – gwell i ti fynd adra ac aros yno, tan y bydd yr achos hwn drosodd.'

Roedd y daith i'r maes parcio, gydag Ifor y dyn diogelwch, yn ei hebrwng mewn tawelwch, yn un swreal. Ar y daith honno, daeth yn ymwybodol o'i gywilydd, wrth i sawl cyd-weithiwr ei anwybyddu.

'Camddealltwriaeth ydy'r cyfan, Ifor, ti'n 'y nghredu i, 'yn dwyt ti?'

Er iddynt gydweithio ers blynyddoedd roedd tawelwch Ifor yn dweud y cyfan. Wrth nesáu at ei gar, gwelodd Peredur ddyn yn aros amdano. Daliai D.I. Parry gyffion yn ei law.

'Peredur Parry, I'm arresting you on suspicion of the abduction and murder of Elin Williams. You have the right to remain silent.'

Pennod 21

I sŵn clic clac, clic clac y teipiadur, rhegodd y Diwti Sarjant ar ôl gwneud camgymeriad arall wrth deipio. Eisteddai tu ôl i'r bwystfil o deipiadur yn trio cwblhau adroddiad, ond bu'n rhaid iddo ail-ddechrau sawl gwaith, oherwydd ei wallau. Tynnodd y papur o'r peiriant, ei rowlio'n belen a'i daflu – nid at y bin sbwriel gorlawn wrth ei ddesg, ond at yr un gwag y pen arall i'r ystafell.

Er mawr syndod iddo, hwyliodd y papur drwy'r awyr a glanio yng nghanol y bin. Edrychodd o gwmpas yr ystafell i weld pwy fu'n dyst i'w orchestwaith, ond doedd neb wedi sylwi. Petai D.I. John yno, bydda fo wedi clapio, ond doedd o ddim yn gweithio'r diwrnod hwnnw, felly doedd neb wedi sylwi ar ei dafliad gwyrthiol.

Agorodd prif ddrysau'r orsaf a daeth D.I. Parry i mewn gyda Peredur Parry wrth ei ochr yn grwgnach yr holl ffordd at y ddesg flaen. Doedd y Sarjant ddim yn synnu gweld D.I. Parry. Roedd o wedi dod 'nôl o'r Gynhadledd yn Blackpool yn gynnar wedi i'r corff gael ei ddarganfod. Wrth nesáu, dechreuodd Peredur gwyno.

'Dwi ddim yn deall pam 'mod i yma.'

'Cau dy geg,' meddai D.I. Parry.

Pwyntiodd yntau at yr allweddi yn hongian ar y bachyn tu ôl i ddesg y Sarjant. Roedd y tair ystafell gyfweld ar gael – y ddwy fawr a'r un fach yng nghefn yr orsaf. Roedd yr ystafell fach bron fel cwpwrdd, ond honno oedd ffefryn D.I. Parry.

'Rhowch allwedd yr ystafell gefn i mi.'

Ar ôl cloi Peredur yn yr ystafell fach, aeth D.I. Parry i'w locer personol gerllaw. Agorodd ddrws y locer, cipiodd olwg sydyn dros ei ysgwydd i wneud yn siŵr nad oedd neb yn ei weld yn sleifio pastwn allan a'i osod ym mhoced ei siaced.

'Fedra i gael diod o ddŵr yn y lle 'ma? A hefyd dwi eisiau cyfreithiwr. Dwi'n gwrthod siarad, heb bresenoldeb cyfreithiwr,' meddai Peredur, wedi i D.I. Parry ddychwelyd.

Yn lle ufuddhau i'r cais am ddŵr a chyfreithiwr tynnodd D.I. Parry ei siaced, torchodd lewys ei grys ac eis5tedd gyferbyn â Peredur.

'Wel? Beth am fy nghyfreithiwr? Beth am ddiod o ddŵr?' mynnodd.

Gwyddai Peredur nad oedd gan D.I. Parry yr hawl i'w drin fel hyn. Bwriadai wneud cwyn amdano ar y cyfle cyntaf posib a gâi. Pan agorodd Peredur ei geg i barhau â'i brotest taflodd D.I. Parry ddwrn cydnerth ato. Daeth yr ergyd fel bollt o unlle a gadael Peredur mewn sioc, yn methu'n lân â dirnad yr hyn oedd newydd ddigwydd iddo.

'Wel? 'Na'th honna dy ddeffro di?' holodd D.I. Parry.

Ond y cyfan a wnâi Peredur oedd syllu arno mewn anghrediniaeth llwyr.

'Naddo? Wel beth am hon ta?'

Rhoddodd fonclust caled iddo a gadael Peredur yn hollol fyddar mewn un glust. Roedd gwefusau'r heddwas yn dal i symud, ond fedrai Peredur glywed dim.

Daeth cnoc ar y drws a cherddodd un o'r heddweision ifanc i mewn yn cario bag yn ei law. Wedi sibrwd rhywbeth yng nghlust D.I. Parry trosglwyddodd y bag iddo ac ymadael.

Ar ôl cloi'r drws, gwagiodd D.I. Parry gynnwys y bag ar y bwrdd – tomen o bapurach tamp wedi hanner eu llosgi. Wrth i'w glyw ddychwelyd a'i synhwyrau ddeffro, sylweddolodd Peredur mai dyma weddillion ei gasgliad o gylchgronau budr.

'Wel, wel, wel. Pwy fasa'n meddwl? 'Da ni newydd gael ymwelydd – dy wraig. Mae hi wedi dod â'r dystiolaeth yma i ni, tystiolaeth y gwnest ti drio'i losgi rai nosweithiau wedi diflaniad Elin Williams. Prawf o'r math o ddyn wyt ti – sef *pervert* go iawn! Oedd denu'r ferch ysgol yna i mewn i dy gar yn rhan o dy ffantasi?'

'Nag oedd,' protestiodd Peredur.

'Oedd. Mae hynny'n amlwg i ni rŵan. Yn arbennig wedi derbyn y dystiolaeth newydd yma gan dy wraig dy hun.'

Casglodd D.I. Parry ddyrnaid o'r papur llosg a'u taflu ato; daethant i lawr fel cawod o gonffeti aflan drosto.

"Nes i ddim byd, dim ond rhoi lifft iddi. Faswn i byth wedi ei brifo hi, y cyfan 'nes i oedd cyffwrdd yn ei phen-glin.'

Gwenodd D.I. Parry. Roedd ei strategaeth yn dechrau gweithio. Roedd Peredur newydd gyfaddef ei fod wedi ei chyffwrdd, datblygiad newydd, addawol. Ai Peredur Parry, y dyn parchus ar y radio oedd Llofrudd Llyn Llwydiarth? Dychmygodd D.I. Parry benawdau'r papurau newydd. Mater o amser fyddai hi rŵan cyn cael cyffesiad llawn, gydag ychydig o berswâd.

'Be 'nest di wedyn? Be 'nest di gyffwrdd wedi hynny?'

Ysgydwodd Peredur ei ben. 'Dim byd. Dim byd o gwbl. 'Nes i ddim byd arall iddi.'

Teimlai Peredur gryndod newydd yn ei lais ei hun, fel petai wedi colli ei holl hyder. Aeth D.I. Parry allan o'r ystafell a dychwelyd gyda jwg o ddŵr a gwydrau. Roedd o'n gwybod bod ceg Peredur yn sych grimp, ond wedi arllwys y dŵr, yfodd D.I. Parry o'i wydr ei hun, ond chafodd Peredur yr un diferyn.

Erbyn hyn, roedd hi wedi dechrau gwawrio ar Peredur bod yn rhaid iddo ddianc o grafangau'r gwallgofddyn yma, cyn i bethau fynd o ddrwg i waeth. Gwelai allweddi'r ystafell yn hongian yn nhwll y clo, ychydig droedfeddi oddi wrtho. Dim ond eiliad fyddai angen arno i ddianc.

Bolltiodd am y drws a cheisio ei ddatgloi. O nunlle, ymddangosodd pastwn yn llaw D.I. Parry a theimlodd ergyd nerthol yn ei arennau. Llithrodd yn bentwr llipa ar lawr. Manteisiodd D.I. Parry ar y cyfle i yrru sawl cic galed i'w gorff llipa, cyn ei godi a'i sodro 'nôl yn ei gadair. Ar ôl y sioc o dderbyn y fath driniaeth greulon, dechreuodd Peredur grio dagrau llawn anobaith yn dawel.

Synhwyrodd D.I. Parry ei fod o'n agos at dorri ei ddyn. Arllwysodd ddiod arall a gwahodd Peredur i yfed y tro hwn. Yna, gosododd y pastwn i orffwys ar y bwrdd, fel petai'r weithred honno'n cyfateb i gynnig cadoediad rhyngddynt.

Tynnodd yr heddwas ei gadair yn agosach ato a gwenodd yn gyfeillgar. Doedd D.I. Parry ddim angen partner i chwarae rŵtin o heddwas da a heddwas drwg – gallai chwarae'r ddwy rôl ei hun. Wedi rhoi cyfle i Peredur yfed ei ddiod a theimlo ychydig yn well, dywedodd mewn llais yn llawn cydymdeimlad y tro hwn.

'Dim ots be 'nest ti ddweud wrth D.I. John gynt, gad i ni drio eto. Beth ddigwyddodd go iawn ar y pedwerydd o Fehefin?'

Pennod 22

Drannoeth, pan gyrhaeddodd D.I. John ei waith yng Nghaergybi, synhwyrodd fod rhywbeth yn y gwynt. Roedd y maes parcio'n orlawn a gwelodd ddwsin o bobl ddiarth yn hofran o gwmpas y fynedfa. Aeth at y ddesg flaen.

'Be sy'n mynd ymlaen, Sarjant?' holodd.

'Mae'r Prif Gwnstabl am wneud datganiad. Mae Peredur Parry wedi cyffesu neithiwr,' atebodd y Sarjant.

Crychodd ei wyneb mewn penbleth. 'Cyffesu? I beth? Be ddiawl sy wedi digwydd?'

'Daeth D.I. Parry â fo i mewn neithiwr ac mi gyffesodd ei fod wedi lladd Elin Williams.'

Ar y gair daeth D.I. Parry o rywle ac arwain pac o newyddiadurwyr i ystafell gefn lle'r arhosai'r Prif Gwnstabl amdanynt. Sylwodd D.I. John fod gan D.I. Parry faneg am ei law dde yn cuddio'r cleisiau ffres ar ei ddyrnau, debyg iawn. Sleifiodd D.I. John i gefn yr ystafell i wrando ar y Prif Gwnstabl yn gwneud ei gyhoeddiad.

'Heddiw, arestiwyd dyn yn ei bedwardegau ar amheuaeth o gipio a lladd y ferch ysgol, Elin Williams.'

'Allwch chi gadarnhau mai Peredur Parry, y darlledwr, yw'r dyn sy wedi ei arestio?' torrodd llais ar ei draws.

'Annoeth fyddai datgelu enw'r dyn ar hyn o bryd. Gofynnwn i chi fod yn amyneddgar a gadael i'r heddlu wneud eu gwaith. Bydd datganiad pellach yn y man. Mae'r arést yma'n dilyn llawer o waith caled a hoffwn ddiolch i bawb yn y tîm am eu gwaith – yn arbennig D.I. Parry. Does dim byd arall i'w ychwanegu ar hyn o bryd.'

Gwagiodd yr ystafell gan adael dim ond D.I. John a'r Prif Gwnstabl yn wynebu ei gilydd.

'Dim fo na'th, Syr, dim fo yw'r llofrudd.'

'Mae o wedi cyffesu. Mae hynny'n ddigon da i mi.'

'D.I. Parry sydd wedi ei guro, nes cael cyffesiad ganddo. Dwi'n credu 'yn bod ni'n dau yn gwybod hynny.'

'D.I. John. Be sy'n gryfach na chyffesiad fel tystiolaeth? 'Da chi wedi dod â'r dyn yma at ein sylw ni, 'da chi wedi gwneud gwaith da. Mae o bellach wedi cyffesu, felly dyna ni. Canlyniad llwyddiannus. Beth ydy'r broblem?'

'Dwi wedi ffeindio tyst, hen ffermwr lleol a welodd Elin yn fyw ac yn iach wrth ochor y lôn wedi iddi hi adael car Peredur. Efo'r dystiolaeth hynny, bydd yr achos yn erbyn Peredur Parry yn chwalu'n dipiau.'

'Mae cyffesiad yn gryfach na thystiolaeth hen ddyn dryslyd. Dyna ddiwadd ar y matar...'

'Syr?' Daeth llais un o'r PC's ifanc i darfu ar eu sgwrs.

'Syr, mae'r wasg eisiau cyfweliad.'

'Dwi ar fy ffordd,' atebodd y Prif Gwnstabl, cyn troi 'nôl at D.I. John i orffen y sgwrs.

"Da chi angan gwyliau, D.I. John. Ewch i bysgota, neu i ddringo mynyddoedd yn rhywla.'

Pennod 23
Gorffennaf 22

Eglwys Penmynydd, rhyw fis wedi darganfod corff Elin Williams.

'Mae Elin Williams wedi cyrraedd y nefoedd.'

Dyna oedd neges Tomos James, ficer Penmynydd, wrth estyn diolch i Dduw am fywyd y ferch ifanc.

'Canwn yr Emyn. *Iesu, Iesu rwyt ti'n ddigon ...*'

Atseiniodd llais y ficer drwy'r Eglwys ar ddechrau'r gwasanaeth i gofio amdani. Roedd Peredur Parry yn y ddalfa yn aros am yr achos llys. Serch hynny, yr unig dystiolaeth yn ei erbyn oedd y cyffesiad wedi iddo gael ei guro gan D.I. Parry.

Yn sedd flaen yr eglwys eisteddai Jean Williams, mam Elin. Yn ei thridegau hwyr, roedd Jean yn wraig ddeniadol, er ei bod hi wedi heneiddio llawer, oherwydd y straen o golli ei hunig ferch. Gwasgai Jean y daflen goffa yn ei llaw yn dynn, gan ymladd i rwystro'r dagrau rhag llifo. Wrth ei hochr eisteddai D.I. Parry; roedd yr heddwas cydnerth, gyda'i fop o wallt coch, wedi bod yn ymwelydd selog iawn yng nghartref Jean Williams ers iddo ymuno â'r ymchwiliad. Credai rhai o'r cymdogion mwyaf busneslyd, fod gan D.I. Parry fwy o ddiddordeb yn Jean ei hun nag mewn cydymdeimlo â hi yn ei cholled.

Gwelsai Mair, y wraig drws nesaf, yr heddwas yn mynd a dod droeon o'r tu ôl i'w llenni. Ymwelydd cyson arall oedd y ficer, Tomos James – a oedd yn annerch ei gynulleidfa yn y gwasanaeth. Yn swyddfa'r heddlu hefyd, clywsai pawb am ddiddordeb D.I. Parry yn Jean Williams. Roedd y sibrydion wedi lledu fel tân gwyllt drwy goridorau'r lle.

Er gwaetha'r holl sibrydion, mynnai Jean ddweud wrth bawb, mai ffrindiau oedden nhw a dim byd mwy! Serch hynny, roedd ei chymdogion wedi cael modd i fyw yn cario clecs amdani hi a'r ddau ymwelydd gwrywaidd, yn arbennig am y noson honno, pan gyrhaeddodd y ddau yr un pryd! Y ficer yn ei goler a'r Testament Newydd o dan ei fraich a'r heddwas gyda photelaid o *sherry*. Y jôc a grwydrai'r pentref oedd na wyddai Jean druan pa ffordd i droi – ai at Dduw neu ai at y botel!

Yn y sedd gefn heddiw, mewn rôl hollol answyddogol, eisteddai D.I. John. Ym mêr ei esgyrn gwyddai fod Peredur Parry yn ddieuog. Roedd yr holl beth yn drewi o amheuon.

Daeth geiriau cysur y ficer i gloi y gwasanaeth:

'Yr ydym yn cydymdeimlo'n fawr â chi fel teulu yn eich colled. Eich cysur chi, a'n cysur ninnau, ein llawenydd, yn wir, yn ein dagrau yw gwybod bod goleuni tragwyddol yr Arglwydd yn tywynnu ar Elin.'

Arhosodd D.I. John yn ei sedd, fel y gallai'r gynulleidfa o'i flaen adael – y cymdogion, ffrindiau'r teulu, athrawon a chyd-ddisgyblion dagreuol yr ysgol leol. Wedi ymadael â'r Eglwys, cerddodd heibio i'r rhes daclus o alarwyr a oedd yn aros eu tro i gydymdeimlo â Jean. Roedd ganddo ormod o amheuon i gydymffurfio â'r ddefod honno. Wrth iddo basio o dan fwa giât yr eglwys, syllai sawl pâr o lygaid arno, gan ei ddilyn bob cam, nes iddo ddiflannu o'r golwg ar ei ben ei hun.

RHAN 2

Pennod 24

Awst 1 1939

Er bod haul mis Awst yn tywynnu, roedd y ffordd goediog a droellai o Eglwys Penmynydd i'r Ficerdy islaw yn teimlo'n oer yn sydyn. Wrth gerdded o dan y canghennau tynnodd Eleri Jones, morwyn fach fferm gyfagos Llwyncelyn, ei chardigan yn dynnach amdani, mewn ymdrech i gynhesu ei hun wedi colli'r haul yng nghysgod y coed.

Heddiw, roedd bygythiad y rhyfel yn erbyn yr Almaen, y bu cymaint o drafod amdano ar y radio, yn teimlo 'mhell, yn enwedig ar ddiwrnod mor braf ac mewn ardal mor wledig. Yn ei basged roedd ganddi wyau, peint o lefrith a thorth o fara. Codai arogl ffres y bara i'w ffroenau a'i themtio i rwygo darn a'i fwyta. Ond, doedd wiw iddi, gan mai bwyd sanctaidd y Ficer oedd yn y fasged!

Yn ôl pob sôn, byddai'r rhan fwyaf o aelodau'r Eglwys leol yn cynnal y ddefod wythnosol hon o gyfrannu rhoddion i gadw pantri'r Ficerdy yn orlawn – cigoedd, wyau, llaeth a bara. Ond pam bod un dyn angen cymaint o fwyd? Dyna'r cwestiwn a lenwai feddwl Eleri, o gofio eu bod nhw'n byw mewn cymdogaeth mor dlawd. Er yr holl fwydydd a gâi eu cario iddo, rhyfeddai mai un digon main o gorff oedd y ficer yn dal i fod.

Cnociodd ar ddrws mawr derw'r ficerdy. Fel arfer, byddai'r ficer yno ar amrantiad i gasglu ei fwyd, ond doedd dim sôn amdano heddiw. Aeth Eleri drwy'r gerddi at gefn y tŷ, ond doedd dim ateb wrth y drws cefn chwaith. Clywodd sŵn rhywun yn pwmpio dŵr gerllaw. Aeth rownd talcen y tŷ a gweld merch ifanc dlos yn ymdrechu i weithio'r pwmp dŵr. Roedd ganddi wallt sinsir trawiadol, croen gwelw a llygaid glas fel y môr. Er bod Eleri wedi clywed bod morwynion yn gweithio yn y ficerdy, doedd hi erioed wedi cyfarfod ag un yn y cnawd.

Syllodd y ddwy ar ei gilydd mewn tawelwch am ychydig eiliadau. Yna, crwydrodd llygaid y ferch at y dorth ym masged Eleri. Ar ôl gosod y bwced dŵr ar lawr, cerddodd draw at Eleri, cymrodd y dorth o'r fasged, rhwygo crwstyn mawr a dechrau ei fwyta. Syllodd Eleri arni'n syn, fel petai hi'n gwylio rhyw anifail prin yn bwydo. Yna, ar ôl gorffen y crwstyn, yfodd y ferch hanner y llefrith, cyn estyn gwên hyfryd iddi. Mwstrodd Eleri wên fach yn ôl iddi.

'Sut mae'r pwmp dŵr yma'n gweithio? Na'th neb ein dysgu ni am bethau fel hyn yn St Annes,' meddai'r ferch gan ddefnyddio acen gref Lerpwl.

'O, mae o'n hawdd. Ti angen amynedd, dyfalbarhad a bôn braich.'

Aeth Eleri ati ac ar ôl pwmpio'n galed daeth y dŵr allan a llenwi'r bwced.

'Dyna ni! Llwyddiant! Gyda llaw, 'yn enw i ydy Eleri, a dwi'n forwyn ar fferm Llwyncelyn, sydd yn ymyl ac wedi dod â bwyd i'r ficer. Dwi heb eich gweld chi yma o'r blaen? Ers pryd 'da chi yma?'

'Ers ychydig ddyddia. Sian yw'r enw.'

'Sut 'da chi'n licio'r lle 'ma?' holodd Eleri.

Cododd Sian ei hysgwyddau'n ddi-glem. 'Dwi ddim yn siŵr. Mae o'n lle ofnadwy o dawel.'

'Lle mae'r ficer?'

'Mae o 'di mynd i Lundain. Rhywbeth i wneud efo'r Eglwys,' atebodd Sian.

Cofiodd Eleri ei bod hi wedi trefnu trip i lan y môr gyda'i ffrind, Verdun, neu Verdun y Bara, fel y câi ei adnabod.

"Da chi isho dod i lan y môr fory?'

Goleuodd wyneb Sian. 'Faswn i wrth 'y modd, ond mae'r ficer wedi dweud bo fi ddim i fod gadael y ficerdy, na chymdeithasu efo neb.'

'Ond, mae'r ficer i ffwrdd. Ddaw o ddim i wybod felly, na ddaw?'

Ar ôl meddwl am y peth am eiliad, nodiodd Sian yn eiddgar.

'Reit. Mi ddown i'ch casglu chi am ddeg bore fory.'

Pennod 25

Awst 2

Peth prin oedd gwyliau i forwyn fach, felly roedd trip Sian ac Eleri i lan y môr yn ddiwrnod i'w drysori. Eisteddai'r ddwy forwyn fel tywysogesau yng nghefn y fan, yn gwrando ar yr injan gwynfanllyd yn straffaglu i ddringo'r gelltydd. Ond, wedi'r dringo, llithrai'r cerbyd bach yn llawn hwyl a chynnwrf ar ei ffordd i lawr i Draeth Coch.

Doedd Verdun, y pobydd, byth yn mentro ymhell, fyddai o ddim yn mynd ymhellach na'r pentrefi lleol i werthu ei fara. Heddiw, nid bara ond dwy forwyn ifanc oedd ei gargo.

Ar ôl cyrraedd glan y môr, y peth cyntaf trawiadol a ddenodd eu sylw oedd gwres y tywod melyn o dan draed. Uwchben hedai pioden y môr ac yna, mi gyrhaeddodd cri hudol y gylfinir eu clyw yn y gwynt. Newidiodd y ddwy yn syth i'w gwisgoedd nofio a rhedeg am y môr. Rhedodd y ddwy i mewn i'r tonnau gan wichian fel plant ifanc, wrth deimlo oerni'r dŵr ar eu crwyn gwelw, na welsai'r haul drwy fisoedd oer y gaeaf.

Roedd Verdun ar y llaw arall yn fwy pwyllog, rowliodd ei drowsus i fyny at ei ben-gliniau a thynnu ei esgidiau a'i sanau. Petai rhywun wedi edrych yn ofalus buasent wedi gweld y graith, lle llosgodd bwled Almaenig drwy ei gnawd yn y ffosydd ugain mlynedd yn ôl. Cerddodd i gyfeiriad y tonnau gyda thywel o dan ei gesail.

Gwyliodd Eleri a Sian y pobydd canol oed yn camu yn betrus tuag at y môr. Er bod yr haul yn tywynnu uwchben, roedd o mewn siwt ac yn edrych yn debycach i ddyn yn mynd tua'r capel, nag i lan y môr. Tynnodd Verdun anadl sydyn wrth deimlo ffresni'r dŵr yn cosi bodiau ei draed. Roedd y temtasiwn i'w wlychu yn ormod i'r merched. Dechreuodd y ddwy gicio dŵr yn ddigyfaddawd drosto.

'Rhowch y gorau iddi,' gwaeddodd – ond annog y merched i wneud mwy gwnaeth ei brotestiadau.

Cododd ei law i geisio gwarchod ei hun ond roedd hynny'n weithred anobeithiol. Mewn mater o eiliadau roedd Verdun a'i siwt yn wlyb diferol a bu'n rhaid iddo gilio 'nôl i ddiogelwch y traeth i sychu. Gosododd ei dywel ar lawr ac eistedd gan fwynhau gwylio'r merched yn chwarae yn y môr – fel dwy iâr fach yr haf yng ngwanwyn eu dyddiau.

Ar ôl dod allan o'r môr, gosododd Sian sialens – pa un fyddai'n creu'r castell tywod gorau. Synhwyrodd Verdun fuddugoliaeth hawdd, gan iddo dreulio oriau maith yn ystod ei blentyndod yn gwneud cestyll ar yr union draeth. Brasgamodd am ei fan a dychwelyd yn cario bwcedi a rhawiau. Aeth y tri ati fel plant bach i adeiladu ac ar ôl hanner awr roedd y cestyll yn barod. Dechreuodd muriau cestyll y merched chwalu bron yn syth.

'I wneud castell cadarn, mae'n rhaid defnyddio tywod tamp,' meddai Verdun wrth roi'r cyffyrddiadau olaf i'w gampwaith o gastell oedd yn codi o'r tywod yn gadarn fel Castell Harlech.

Doedd dim angen dyfalu pa gastell oedd y gorau. Aeth Verdun yn llawn balchder i'w gerbyd i nôl ei gamera.

'Eleri, cymrwch lun ohono i o flaen 'y nghastell, os gwelwch yn dda.'

Safodd Verdun o flaen ei gastell, gan blygu ei freichiau yn fuddugoliaethus. Yn yr eiliad cyn i'r camera glicio rhedodd Sian tu ôl iddo a neidio'n uchel. Glaniodd ar ben y castell yr eiliad y cliciodd y camera a dal y foment – sef gwên fawr ar wyneb Sian a gwep o anghrediniaeth lwyr ar wyneb Verdun.

Cododd Verdun fwced yn llawn dŵr. Sgrechiodd Sian, gan ddechrau rhedeg ac er bod Verdun dros ei ddeugain oed, gallai symud yn sydyn a llwyddodd i ddal Sian a gwagio'r bwcedaid o ddŵr drosti. Roedd y llun a gymerodd Eleri o'r ddau fel golygfa mewn ffilm o eiddo Charlie Chaplin.

Ar ôl picnic o wyau wedi eu berwi a brechdanau jam, daeth y diwrnod perffaith i ben a dychwelodd y triawd i bentref Penmynydd.

Wrth i fan Verdun nesáu at y ficerdy diflannodd y wên oddi ar wyneb Sian. Yno, safai'r ficer yn y drws â'i wyneb fel taran.

'Pwy roddodd yr hawl i chi adael y ficerdy, heb neb i'w warchod a heb ganiatâd?'

'Medra i egluro,' dwedodd Sian wrth gamu allan o'r cerbyd a cheisio rhesymu.

Doedd Verdun ddim am aros i wrando ar y ffrae. Trodd drwyn y fan am y lôn a gadael y forwyn i ymladd ei chornel ei hun, heb unrhyw gymorth ganddo fo.

Pennod 26

Doedd dim posibl rhesymu gyda'r ficer. Bu'r ddau yn dadlau am funudau lawer nes i Sian benderfynu mai digon oedd digon. Roedd y ficer yn flin fel blaidd am i Sian gymdeithasu, heb gael ei ganiatâd a gofynnodd iddi adael y peth cyntaf y bore wedyn.

'Os felly, dwi am fynd yr eiliad hon. Dwi ddim am aros munud yn fwy yn yr hen le yma,' atebodd Sian yn ei thymer.

Aeth i'w hystafell fach syml yng nghefn y tŷ a phacio ei chês – er na chymerodd hynny fawr o dro, gan fod cyn lleied o eiddo ganddi. Cyn ymadael aeth i'r gegin a chymryd tafell o fara ar gyfer y siwrnai. Gyda'i chês yn ei llaw, cerddodd i gyfeiriad Porthaethwy gyda'r bwriad o ddal y trên nesaf i Lerpwl. Gobeithiai y byddai'r pum swllt oedd ganddi yn ddigon i dalu am docyn. Fel plentyn amddifad, dychwelyd i St Annes oedd yr unig ddewis.

Erbyn hyn, roedd hi wedi dechrau nosi. Ehedodd gylfinir uwchben, ar ei thaith yn ôl i Draeth Coch. Gyrrai ei chri unig ias oer i lawr ei chefn a dechreuodd ddifaru nad arhosodd tan y bore cyn gadael y ficerdy. Dim ond golau gwan y lleuad oedd ganddi i'w harwain ar hyd y lôn fach droellog. Wrth gerdded clywai sŵn anifeiliaid bach yn rhedeg yn isdyfiant y cloddiau. Clywodd sŵn ci'n cyfarth yn y pellter a theimlai ofn yn crynhoi yn ei stumog. Ynghanol y canghennau uwch ei phen, gwelodd gangen yn symud a gwiwer yn ei heglu hi i fyny'r goeden. Roedd cerdded yn unigrwydd y wlad gyda'r nos yn brofiad brawychus i ferch o'r dref. Ceisiodd ganolbwyntio ar ei chamau a dechreuodd hymian cân, mewn ymdrech i guddio ei hofn.

Yna, clywodd sŵn. Sŵn rhywbeth gwahanol iawn i sŵn anifeiliaid y nos. Stopiodd am eiliad a gwrando. Sŵn injan. Tyfai'r sŵn yn uwch ac yn uwch wrth i'r cerbyd agosáu. Goleuodd lampau'r cerbyd y lôn a daliodd Sian ei gwynt.

Pennod 27

Sugnodd D.I. John yn galed ar ei sigarét a gyrru'r mwg tywyll i ymuno â glesni'r awyr. Wrth iddo ymlwybro 'nôl at ddrws yr orsaf, clywodd sŵn cerbyd. Daeth fan fach las golau i'r golwg gyda'r llythrennau *Verdun y Bara* ar ei hochr. Wrth ymyl y gyrrwr canol oed eisteddai gwraig ifanc.

Daeth y wraig allan ac edrych yn ansicr, fel petai hi'n chwilio am rywbeth. Edrychai tuag ugain oed a chanddi wyneb crwn fel y lleuad a gwallt cyrliog tywyll. Gwenodd arni. Sylwodd hithau ar y sigarét yn ei law.

'Oes gynnoch chi sigarét sbâr?'

Nodiodd D.I. John a chynnig sigarét iddi.

'Hwn ydy'r *police station*, ia?' holodd ar ôl tanio a chwythu cwmwl o fwg i'r awyr.

'Ia, 'da chi yn y lle iawn.'

Fel arfer, byddai pob ymholiad yn mynd at y Diwti Sarjant ar y ddesg flaen, ond yn lle cyfeirio'r ferch ato, pwyllodd am eiliad rhag ofn bod ganddi rywbeth diddorol i'w rannu.

'Dwi'n un o'r *detectives* yma. Sut medra i helpu?'

'Dwi'n dod o ardal Penmynydd. Mae ffrind i mi, Sian wedi diflannu a hynny'n sydyn a heb eglurhad.'

Neidiodd ei galon guriad, gan fod y geiriau 'Penmynydd' a 'diflannu' yn canu fel clychau rhwng ei glustiau. Tynnodd ei lyfr nodiadau o'i boced.

'Rhowch gymaint o fanylion â phosib i mi, os gwelwch yn dda. Lle mae hi'n byw?'

'Gweithio fel morwyn yn ficerdy Penmynydd roedd hi, cyn iddi ddiflannu. Doedd y ficer ddim yn hapus ein bod ni'n ffrindia.'

'Falla ei bod hi wedi mynd 'nôl adra at ei theulu?'

Cododd Eleri ei hysgwyddau. 'Doedd ganddi ddim teulu, merch amddifad o gartref St Annes yn Lerpwl oedd hi. 'Nes i drefnu 'i chyfarfod ddydd Sul – pan fyddai'r ficer mewn gwasanaeth yn yr Eglwys, ond na'th hi ddim dod i 'nghyfarfod i. Mae'r ficer yn dweud 'i bod hi wedi gadael yn sydyn, ond dwi ddim yn 'i gredu. Dwi'n poeni bod rhywbeth wedi digwydd iddi, gan 'i bod hi wedi addo cysylltu â mi yn ddi-ffael.'

Ar ôl cymryd mwy o fanylion, sathrodd D.I. John ei sigarét i'r palmant.

'Gadewch y mater yma efo mi. Mi wna i ymchwiliadau.'

'Da chi isho torth? Helpwch 'ych hun,' gwaeddodd Verdun gan bwyntio at ddrysau cefn y cerbyd. Agorodd un o'r drysau a tharodd oglau bendigedig y bara ffres ei ffroenau a chodi chwant bwyd mawr arno. Llygadodd y bara amrywiol a dewis torth fach frown. Perffaith ar gyfer gwneud brechdanau.

Pennod 28

Roedd ficerdy Penmynydd yn dŷ bonheddig ac roedd ei furiau llwyd a'i ffenestri Ffrengig yn drawiadol, gan eu bod yn edrych allan i gyfeiriad mynyddoedd Eryri yn y pellter. Roedd y ficer, Tomos James, newydd ddychwelyd, ar ôl bod allan yn ymweld â chymydog ac wrth nesáu at y drws mawr derw aeth i'w boced i nôl y goriad trwm. Cariai fag yn llawn llysiau – rhodd gan un o'r ffermydd lleol. Cael cyflenwad cyson o fwydydd gan ffermydd y plwy oedd un o fanteision llai amlwg ei swydd.

Eiliadau ar ôl i'r ficer gyrraedd ei dŷ, gyrrodd D.I. John i lawr y lôn gul a droellai drwy'r coed. Ar ôl parcio, curodd ar y drws o dderw cadarn, ond heb lwyddiant. Ymlwybrodd i gefn y tŷ. Aeth heibio rhes o hen gytiau oedd wedi gweld dyddiau gwell. Ar ôl methu â chael ateb yn y cefn, aeth yn ôl at y brif fynedfa a thrio eto. Y tro hwn curodd yn llawer caletach, fel dyn oedd yn mynnu sylw. Ar ôl munud arall clywodd sŵn goriad yn troi yn y clo.

'*Yes? Can i help you?*'

Yn ôl sŵn amheus ei lais, tybiai D.I. John fod y ficer yn meddwl mai *salesman* oedd yno. Roedd digon ohonynt yn crwydro'r ardal yn ceisio gwerthu nwyddau i'r gwragedd lleol ar y pryd. Fflachiodd D.I. John ei fathodyn.

'D.I. John o swyddfa'r heddlu yng Nghaergybi. Chi ydy'r ficer, Mr Tomos James?' holodd.

'Ia, fi ydy Mr James!'

'Dwi'n holi am ferch o'r enw Sian. Dwi'n deall iddi fod yn gweithio fel morwyn yma?'

Caledodd wyneb y ficer ar ôl sylweddoli pwrpas ei ymweliad. Safodd yn dawel am ychydig, fel petai o'n troelli'r cwestiwn yn ei ben cyn ateb.

'Mi baciodd ei bag a gadael y ficerdy. Dwi'n tybio ei bod hi wedi dychwelyd i gartref St Annes yn Lerpwl erbyn hyn.'

'Naddo, yn anffodus, 'da ni wedi ffonio cartref St Annes a doedd dim sôn amdani yno. Pryd wnaeth hi adael y ficerdy, Mr James?'

'Nos Sadwrn.'

'Dwi angen casglu ychydig mwy o fanylion ar gyfer y ffeil. Fedra i ddod i mewn? Dim ond ambell gwestiwn.'

Arhosodd y cwestiwn yn llonyddwch y portsh am ychydig wrth i'r ficer feddwl sut y medrai ei ateb.

'Mae'r tŷ yn flêr iawn, Inspector. Does gen i neb i lanhau ar y funud. Oes modd trafod hyn yma yn y portsh?'

'Peidiwch â phoeni am y blerwch, Mr James, mae fy nhŷ i lawer gwaeth. Dau funud o'ch amser, er mwyn i mi wneud nodiadau. Dyna i gyd dwi 'i angen.'

Yn gyndyn, agorodd y ficer y drws a'i arwain i'r neuadd grand yng nghanol y tŷ, lle troellai grisiau mahogani bonheddig tua'r llofftydd. Canolbwynt y neuadd oedd llun olew trawiadol o dorf enfawr o flaen *Giatiau Brandeburg* yn Berlin. Yn y llun, roedd rhai yn curo drymiau, eraill yn cario ffaglau tân a sawl un yn chwifio baneri mawr coch gyda swastica du yn amlwg arnynt. Gyrrodd y *son et lumière* grotesg o'i flaen, ias oer i lawr cefn D.I. John.

''Da chi'n licio fo?' holodd y ficer yn frwdfrydig.

'I fod yn gwbl onest, nac dw,' atebodd yn swta.

Ceisiodd y ficer ei orau glas i edrych fel pe na bai ots ganddo am farn yr heddwas. Aeth y ddau i ystafell braf arall ac ynddi ffenestri Ffrengig mawr.

Wedi eistedd, tynnodd D.I. John ei lyfr nodiadau o'i boced. 'Ar eich pen eich hun 'da chi'n byw yma, Mr James?' holodd gan edrych allan ar y mynyddoedd yn y pellter.

'Ia. Dim ond fi sydd yma ar hyn o bryd. Sut yn union galla i fod o gymorth i chi, *Inspector*?' holodd yn frysiog a hynny heb gynnig y cwrteisi arferol o baned.

'Gawn ni ddechrau efo'r manylion sylfaenol. Beth yw enw llawn Sian a sut daeth hi yma i weithio?'

'Ffrind i ffrind wnaeth drefnu drwy'r *St Annes Orphanage* yn Lerpwl, ar ôl clywed 'mod i'n chwilio am forwyn. Wn i ddim beth oedd ei chyfenw – dwi'n gwybod fawr ddim amdani. Doedd hi ddim yma'n hir iawn.'

'Pryd oedd y tro diwethaf i chi ei gweld hi?'

'Dwi eisoes wedi dweud, nos Sadwrn.'

'Pam y gadawodd hi?'

'Mi oedd hi wedi torri'r rheolau. Doedd dim hawl ganddi adael y ficerdy heb ganiatâd.'

'Sut yn union wnaeth hi adael y ficerdy'r noson honno, felly?'

'Cerdded.'

'Ga i ofyn pam na chynhigioch chi lifft iddi, syr? A chithau'n byw allan yng nghanol y wlad – dwi'n siŵr bod ganddi gês trwm i'w gario?'

'Achos bod 'y nghar i yn y garej yn cael ei drwsio,' atebodd y ficer gyda phwt o wên hunangyfiawn.

'Pa garej, syr?'

'Morus Motors, Menai Bridge.'

'Sut basa chi'n disgrifio eich perthynas chi â Sian?' holodd ar ôl nodi manylion y garej.

Cliriodd y ficer ei lwnc cyn edrych i fyw ei lygaid.

'Teg fyddai dweud nad oedden ni'n rhannu'r un diddordebau.'

'Doeddech chi ddim yn canu o'r un llyfr emyna?' awgrymodd D.I. John gan geisio annog y ficer i ymhelaethu.

Nodiodd y ficer yn gytûn. 'Yn hollol! A bod yn onest, hogan fach goman oedd hi.' Cnociodd y ficer y bwrdd â'i ddwrn i awgrymu gwacter. 'Coman ac ychydig yn dwp. Er enghraifft, mi fydda i'n darllen y *Times* ond mi oedd hi'n darllen y sothach yma.'

Aeth y ficer at bentwr o hen bapurau newydd gerllaw a thynnu'r *News of the World* allan a'i ddal, bellter i ffwrdd, fel petai'r papur wedi ei heintio.

Darllenodd D.I. John dros ei nodiadau yn araf gan adael i'r distawrwydd lenwi'r ystafell. O brofiad, gwyddai fod distawrwydd yn anesmwytho ambell un ac yn eu hannog i siarad mwy. Yn nhawelwch yr ystafell, croesodd rhywbeth arall feddwl D.I. John. Yn ôl Peredur Parry, roedd o wedi gollwng Elin Williams ym mhentref Rhoscefnhir a basa hi felly, wedi pasio heibio ardal y ficerdy ar ei ffordd adref.

'Dwi'n gwybod eich bod chi'n ymwybodol o hanes trist Elin Williams, y ferch leol. Cipiwyd hi ar Fehefin y pedwerydd. Lle roeddech chi ar y diwrnod hwnnw, Syr?'

Crafodd y ficer ei ben yn feddylgar am ychydig eiliadau cyn ateb.

'Yma, yn y ficerdy drwy'r dydd. Mi oedd hi'n dawel, felly welais i neb o gwbl drwy'r dydd. Pam da chi'n fy holi i am hynny?'

Ni chafodd ateb i'w gwestiwn. Ar ôl munud arall o dawelwch, rhoddodd D.I. John ei lyfr nodiadau heibio.

'Un peth arall cyn gadael.'

'Wrth gwrs. Beth sydd ar eich meddwl chi, *Inspector*?'

'Ym mhle yn y tŷ roedd ei hystafell hi?'

Dyrchafodd y ficer ei lygaid tua'r nenfwd.

'Ym mhen pella'r tŷ.'

'Oes modd i mi weld ei hystafell wely hi?'

Cipiodd y ficer olwg sydyn ar ei watsh a gwenodd wên letchwith.

'Yn anffodus, dwi'n disgwyl galwad ffôn bwysig. Cofiwch fod yn rhaid i bob bugail da warchod ei braidd!'

Cerddodd at ddrws y gegin a'i agor, er mwyn gwahodd ei ymwelydd i adael.

Wedi iddo adael suddodd y ficer i'w gadair yn y gegin i bendroni. Aeth i nôl y botel wisgi. Damnia, rhegodd yn uchel dros y tŷ. Gan fod ei law yn crynu cymaint, collodd beth o'r ddiod ar y bwrdd. Damnia D.I. John, yr heddwas un llygeidiog! Yn dod i'r ficerdy yn ddirybudd a'i drin o fel troseddwr cyffredin. Yn ei dŷ ei hun!

Pennod 29

Drannoeth, cerddai'r ficer i lawr y llwybr a droellai drwy'r coed at y persondy. Roedd o mewn hwyliau da ar ôl cytuno ar y pris o £5 gyda chwpwl lleol i weinyddu y ddefod briodasol iddynt yn yr Eglwys. Dyna un arall o fanteision y swydd. Câi ef hawlio y ffioedd am wasanaethau ychwanegol fel priodasau ac angladdau yn ei eglwys! Roedd nifer o gyplau ifanc wrthi'n rhuthro i briodi, gan fod bron pob sgwrs yn troi at y posibilrwydd o ryfel yn erbyn yr Almaen. Y si oedd y byddai dynion priod yn llai tebygol o gael eu gorfodi i ymladd, na'r rhai sengl. Roedd hyn yn siwtio'r ficer i'r dim, yn arbennig yr arian ychwanegol.

Byddai o'n mwynhau llonyddwch y goedwig o amgylch yr Eglwys a'r ficerdy. Uwchben, clywai sŵn cyfarwydd y cywion brain yn crawcian yn anghenus yn y canghennau. Roedd coed yr Eglwys yn llawn nythod brain, gan fod y lle'n warchodfa iddynt rhag y ffermwyr lleol a'u gynnau hela. Roedd tir cysegredig yr eglwys yn gartref i anifeiliaid prin, fel y wiwer goch a'r dylluan wen; noddfa sanctaidd rhag y byd a'i helbulon. A noddfa iddo yntau, hefyd, rhag pobl fusneslyd yr ardal.

Ac yntau mewn hwyliau mor dda ar ôl taro ei fargen, suddodd ei galon pan welodd D.I. John a dau heddwas arall yn aros amdano wrth ei ddrws.

"Da chi 'nôl yma eto, *Inspector*?' meddai wrth dynnu goriad y ficerdy o'i boced.

Symudodd D.I. John rhwng y ficer a drws y tŷ.

'Mwy o gwestiynau am Sian y forwyn sydd gen i, syr.'

'Mwy o gwestiynau?'

Ceisiodd y ficer wyro heibio iddo er mwyn cyrraedd y drws.

'Ia, mwy o gwestiynau Mr James, ond y tro hwn 'da ni am i chi ddod efo ni i swyddfa'r heddlu yng Nghaergybi i'w hateb.'

Stopiodd y ficer yn stond a syllu arno mewn anghrediniaeth lwyr. Mwstrodd wên fach sych.

'Rargol! Fedra i ddim dod ar fyr rybudd fel hyn. Mi fydd rhaid i mi nôl fy nyddiadur, er mwyn trefnu amser cyfleus efo chi.'

'Rŵan ydy'r amser gorau, syr.'

Pwyntiodd D.I. John at un o geir yr heddlu gerllaw.

'Dwi angen gwneud galwad ffôn bach sydyn yn y tŷ.'

Gwthiodd y ficer heibio iddo a cheisio gwthio'r goriad i dwll y clo. Cyn iddo gael cyfle i'w droi cipiodd D.I. John y goriad o'i law a thynnu gwarant o'i boced a'i chwifio o'i flaen.

'Dyma *Search Warrant* sy'n rhoi'r hawl i ni archwilio'r tŷ. Gwell i chi fynd ac eistedd yn dawel yng nghar yr heddlu, syr, tra byddwn ni'n gwneud ein gwaith.'

Ar ôl iddi wawrio arno fod ei brotestiadau'n ofer, ufuddhaodd ac aeth i eistedd yn un o'r ceir. Aeth D.I. John i fyny'r grisiau ac yn syth i gefn y tŷ i weld yr ystafell lle cysgai'r morwynion. Roedd hi'n hawdd adnabod ystafell y forwyn, roedd hi'n dlawd o'i chymharu â chrandrwydd gweddill y tŷ. Doedd dim llenni ar y ffenestri, na charped ar y lloriau pren. Taflai'r bwlb noeth, a hongiai o'r nenfwd, olau gwan ar y dodrefn syml: cwpwrdd dillad, gwely, bwrdd, cadair a drych.

Roedd y cwpwrdd dillad yn wag, heblaw am bâr o esgidiau merch, a'r rheiny wedi gweld dyddiau gwell. Doedd dim amheuaeth mai esgidiau Sian oeddynt, gan fod yr enw *St Annes* wedi ei ysgrifennu ar wadnau'r esgidiau. Sylwodd ar hen bâr o glustdlysau rhad ar y silff ben tân ac o dan y gwely gwelodd frwsh yn llawn gwallt coch. Edrychai'r ystafell yn union fel y buasai o'n disgwyl i'r ystafell fod. Hawdd oedd dychmygu Sian yn pacio'i chês ar frys a gadael y pethau bach di-nod hyn ar ei hôl.

Eisteddodd ar y gwely i feddwl. Crwydrodd ei lygaid ar hyd yr ystafell cyn iddynt ddod a gorffwys ar gopi o'r *News of the World* wrth droed y gwely. Cododd y papur a'i agor. Sylwodd fod y croesair wedi ei gwblhau yn raenus. Doedd y cliwiau ddim i gyd yn rhai hawdd – *A Legendary Philanderer* – 7 i lawr: *Don Juan. Scheming and unscrupulous* – 13 ar draws: *Machiavellian.*

Roedd gan Sian ddigon yn ei phen felly, meddyliodd. Peth od bod y ficer wedi gwneud sioe fawr o ddweud ei bod hi'n dwp yn ystod eu sgwrs flaenorol. Ar ôl gadael yr ystafell wely, aeth i chwilio am y seler, rhag ofn bod y ficer yn cuddio cyfrinachau yno. Daeth o hyd i ddrws y seler yng nghefn y tŷ ac aeth i lawr y grisiau cerrig i'r duwch oer islaw. Daeth oglau tamp i'w ffroenau; taniodd fatsien er mwyn gweld.

Seler annisgwyl o fach oedd hi, o ystyried maint y tŷ, ei waliau'n wyngalch a digon o le i gadw glo, ond fawr ddim byd arall. Ym mhen pellaf y seler roedd ffenest fach yn gadael mymryn o olau dydd i mewn.

Cerddodd at y golau; wrth i'w lygaid ymgyfarwyddo â'r golau gwan. Rhedodd ias oer i lawr ei gefn pan welodd bâr o lygaid gleision truenus yn syllu 'nôl ato. Ar y wal gyferbyn roedd llun o Iesu Grist ar y Groes.

Astudiodd y llun yn ofalus, fel petai o'n gobeithio gweld yr ateb i ddirgelwch Sian y forwyn yno yn rhywle. Yna, wrth droi yn ôl am y grisiau baglodd ar rywbeth. Estynnodd i lawr a chodi Beibl oddi ar y llawr. Ar hap llwyr digwyddodd y Beibl agor ar un o'r tudalennau yn Llyfr Ioan.

Roedd y profiad o agor y llyfr mawr yn mynd â fo 'nôl i'w fachgendod a'r Ysgol Sul. Yr adeg hynny, roedd bywyd mor syml a chredai'r D.I. John ifanc bob gair o'r Beibl. Yn y golau gwan o'r ffenest fach, syllodd ar y dudalen y daeth ei lygaid i orffwys arni, sef adnod 20:17. 'Nid wyf eto wedi esgyn at y tad.'

I anghrediniwr fel D.I. John, doedd 'na ddim Duw na bywyd tragwyddol, ond eto, yn oerfel llonydd y seler hon, â'r geiriau yma'n neidio ato o'r dudalen, roedd calon D.I. John wedi llamu curiad. Os oedd 'na Dduw, ai dyma sut roedd o'n anfon ei negeseuon? Gyrrodd y syniad o dderbyn neges ganddo, am oroesiad Sian y forwyn, ias oer trwyddo. Gosododd y Beibl 'nôl ar y llawr yn reit handi; roedd o'n falch o gael dringo allan o'r seler oer.

Aeth D.I. John o ystafell i ystafell yn y Rheithordy. Roedd dau barlwr mawr a chegin yn y cefn. Roedd un parlwr wedi ei ddodrefnu'n syml â chadeiriau, piano a bwrdd, ond doedd dim affliw o ddim yn y parlwr arall. Roedd ganddo lenni trwchus ar y ffenestri, ambell lun ar y wal a charped ar y llawr, ond heblaw am hynny roedd yr ystafell fawr yn hollol wag.

Pennod 30

Ar ôl gadael y ficerdy, gyrrodd yn araf drwy bentref Penmynydd gan adael yr heddlu fforensig yn y Rheithordy i fynd drwy bob dim gyda chrib mân. Eisteddai'r ficer yng nghefn y car, ei wyneb yn wyn.

Gan ei fod yn poeni am gael ei weld yn gyhoeddus yng ngar yr heddlu, llithrodd y ficer i lawr yn ei sedd gan geisio gwneud ei hun mor fach â phosib yng nghefn y car. Y cywilydd! Duw a ŵyr pa niwed fyddai hyn yn ei wneud i'w enw da, petai o'n cael ei weld yn nwylo'r heddlu. A pham bod yn rhaid i'r heddwas digywilydd yrru fel malwen drwy'r pentref? Oedd o'n gwneud hynny'n fwriadol i geisio ei gywilyddio'n gymdeithasol yn lleol? Tacteg fudr i wneud iddo edrych a theimlo'n euog oedd hyn, mae'n amlwg.

Gyda phentref Penmynydd bellach y tu ôl iddynt, ymlaciodd y ficer rhyw fymryn. Erbyn iddo gyrraedd ystafell gyfweld yr heddlu yng Nghaergybi, roedd o wedi dod ato ef ei hun a'r lliw wedi dychwelyd i'w ruddiau. Dechreuodd gasglu ei feddyliau; roedd o'n haeddu mwy o barch, yn enwedig o gofio ei fod o'n rhywun o bwys yn y gymuned. Roedd ganddo fo hawliau hefyd, yn ogystal â ffrindiau dylanwadol; roedd hi'n hen bryd i'r heddwas yma gael gwybod hynny. Cliriodd y ficer ei wddf ac meddai yn hyderus.

"Da chi'n nabod Megan Lloyd George, MP Ynys Môn?' holodd.

Cipiodd D.I. John olwg ddi-hid ato. Aeth y ficer ymlaen i gwyno.

"Da chi angen gwybod fy mod i yn ei nabod hi'n dda. Yn dda iawn. Yn wir, dwi'n ei gweld hi'n reit aml. Fydd hi ddim yn hapus i glywed 'mod i'n cael fy nhrin fel hyn, fel dihiryn!'

'Cofiwch fi ati. Atgoffwch hi, fod arna i bum punt iddi!'

Mewn gwirionedd, doedd D.I. John heb ei gweld hi ers blynyddoedd, ond roedd ei ateb yn ddigon i gau ceg y ficer. Gosododd D.I. John ffeil frown ar y bwrdd a syllodd y ficer yn amheus arni.

'Paned cyn dechrau, syr?'

'Na, dim diolch.'

Tynnodd D.I. John sigaréts o'i boced a chynnig un i'r ficer. Gwrthododd yntau ac aeth i boced ei gôt i nôl ei sigaréts ei hun. Chwiliodd D.I. John am fatsis a diawliodd ar ôl sylweddoli ei fod o wedi eu gadael ar ei ddesg.

'Mae gen i dân gewch chi,' meddai'r ficer gan dynnu dyrnaid o lyfrau matsis lliwgar o'i boced. Y math ar fatsis y byddai busnesau yn eu rhoi yn rhad ac am ddim i gwsmer wrth farchnata eu busnes. Roedd y llyfrau matsis i gyd yn union yr un fath.

'Gewch chi gadw'r llyfr matsis yna, mae gen i ddigon ohonyn nhw,' meddai gan roi un i D.I. John a rhoi'r gweddill 'nôl yn ei boced.

Cyn tanio'r fatsien edrychodd D.I. John ar glawr y llyfr matsis a darllen y geiriau *Russian Tea Rooms, London.* Taniodd ei sigarét a diolchodd i'r ficer.

'Cyn i mi ddechrau, fedrwch chi ddatrys un dirgelwch bach i mi? Eglurwch pam bod y parlwr mwyaf yn y ficerdy yn hollol wag. Does 'na ddim dodrefn ynddo o gwbl. Oes 'na reswm am hynny?'

'Oes, Inspector. Mi oedd o'n arfer cael ei ddefnyddio fel *Billiard Room,* ond doedd gen i ddim diddordeb o gwbl mewn chwarae biliards, felly, mi werthais y bwrdd. Dwi heb drafferthu ei ddodrefnu o, does dim unrhyw bwrpas, mae gen i ddigon o ystafelloedd eraill y medra i eu defnyddio yn y tŷ. Dwi ddim angen stafell arall.'

Tynnodd ei lyfr nodiadau o'i boced a chwilio am ei gofnod o'r sgwrs flaenorol yn y ficerdy. Yna, estynnodd lythyr o'r ffeil a'i osod o flaen y ficer. Cymrodd yntau anadl ddofn ar ôl gweld enw Esgobaeth Bangor uwch ben y llythyr. Dechreuodd ei feddwl droi fel chwrligwgan; pwy oedd yr heddwas yma'n ei feddwl oedd o, yn mynd at ei gyflogwr i gorddi pethau? Yn waeth na hynny, dim gweinyddwr bach di-nod oedd wedi arwyddo'r llythyr, ond yr Archddiacon ei hun. Damnia! Tybed, oedd Esgob Bangor wedi clywed am ymholiad yr heddlu? Gallai rhywbeth negyddol fel hyn roi tolc marwol i'w obeithion o gael ei ddyrchafu'n Ganon.

'Yn y llythyr yma, mae'r Eglwys yn cadarnhau mai eich cyfrifoldeb chi fel ficer yr Eglwys yw cyflogi morwynion.'

Crwydrodd llygaid y ficer yn araf oddi wrth y llythyr ac yn ôl at wyneb D.I. John. Doedd dim angen i'r heddlu gysylltu â'r awdurdodau Eglwysig i ofyn cwestiwn mor syml.

'Pam aethoch chi at yr Eglwys i ofyn y fath gwestiwn. Ro'n i'n meddwl 'mod i wedi egluro popeth i chi. Wrth gwrs mai fi sy'n gyfrifol am gyflogi morynion.'

'Dim ond ffurfioldeb, syr. 'Da ni angen bod yn drylwyr. Oedd hi'n forwyn dda? Oedd hi'n glanhau i'r safon angenrheidiol?'

Anadlodd y ficer yn drwm cyn ateb.

'Doedd hi ddim yn gallu cadw ei hun yn lân, heb sôn am y tŷ. Daeth hi'n amlwg i mi yn yr oriau cyntaf nad oedd yna lawer o waith ynddi.'

'Dwi'n deall, gan dystion, ei bod hi wedi mynd yn ffrae rhyngoch chi, achos ei bod hi wedi bod allan heb eich caniatâd? A golloch chi eich tymer efo hi, syr?'

Anesmwythodd y ficer. Plygodd ei freichiau mewn protest. 'Naddo, aeth hi ddim yn ffrae, ond mi wnes i ddweud wrthi fy mod yn disgwyl iddi ofyn caniatâd cyn mynd allan i galifantio.'

'Mi ddwedoch chi 'nôl yn y ficerdy bod Sian wedi gadael ar y nos Sadwrn'

Nodiodd y ficer. 'Cywir. Jest cyn iddi dywyllu. Mi gerddodd hi allan efo'i chês o dan ei braich a dyna'r tro olaf i mi ei gweld.'

Tynnodd D.I. John dudalennau o'r *News of the World* o'r ffeil frown.

'Dyma oedd o dan y gwely yn ystafell Sian. Fel y gwelwch chi, mae hi wedi cwblhau'r croesair yn berffaith. Dwedoch chi yn ystod ein sgwrs ei bod hi'n ferch dwp. Sut y gallai merch dwp gwblhau'r croesair hwn yn gywir fel hyn, syr?'

Llyncodd y ficer ei boer yn galed. 'Falle, 'mod i wedi bod yn rhy lawdrwm wrth ei beirniadu,' cyfaddefodd yn dawel.

'Mi ddwedoch chi yn y ficerdy fod eich car yn garej Morus Motors ar y diwrnod y gadawodd hi ac oherwydd hynny, nad oeddech chi'n gallu cynnig lifft iddi i'r stesion.'

Nodiodd y ficer.

Tro D.I. John oedd hi i ysgwyd ei ben. 'Yn ôl Morus Motors, roedd y car wedi cael ei ddychwelyd i chi ar y dydd Gwener. Diwrnod cyn i Sian adael. Felly, roedd eich car ar gael, on'd oedd?'

Cochodd y ficer wrth ddychmygu'r heddwas yn mynd o gwmpas y lle yn fflachio ei fathodyn a gofyn cwestiynau amdano. Tybed, pa fath o glecs roedd bechgyn Morus Motors wedi eu lledaenu o gwmpas yr ardal ar ôl i'r heddlu fod yno yn holi?

'Syr?'

Ebychodd y ficer yn hir cyn ateb mewn llais tawel.

'Iawn. Reit. 'Da chi'n iawn. Doeddwn i ddim eisiau cyfaddef fy mod i heb gynnig help iddi. Dylswn i fod wedi cynnig lifft iddi, ond wnes i ddim. Doeddwn i ddim yn Gristion da'r diwrnod hwnnw. Dwi'n cyfaddef. Ond, pam bod yr holl fanylion yma mor bwysig?'

Dychwelodd y llythyr i'r ffeil a chaeodd ei lyfr nodiadau.

''Da ni'n poeni amdani, Mr James, dyna pam. Ond, am rŵan, 'da chi'n rhydd i adael. Ond, peidiwch â chrwydro ymhell. Dwi'n siŵr y byddwn yn eich galw chi yn ôl am sgwrs eto cyn bo hir, gan mai chi oedd y person olaf i'w gweld cyn iddi ddiflannu.'

Gwyliodd D.I. John y ficer yn gwisgo ei het a'i gôt ac yna'n mwstro gwên fach cyn ymadael. Roedd hi'n anodd dirnad sut fath o ddyn oedd y tu ôl i'r wyneb parchus. Hen ddiawl hunan bwysig, neu hyd yn oed llofrudd mileinig? Ym meddwl D.I. John gallai o fod yn euog o'r ddau beth.

Ar ôl i'r ficer adael, caeodd y ffeil ac eistedd mewn tawelwch am funud. Doedd dim prawf o unrhyw fath bod y ficer wedi gwneud dim o'i le. Yr unig beth yn ei erbyn oedd ychydig o gelwyddau a dryswch dros ddyddiadau, dyna'r cyfan.

Ysgydwodd ei ben mewn penbleth. Doedd rhywbeth ddim yn teimlo'n iawn; roedd y ficer yn celu rhywbeth ac eto doedd dim iot o dystiolaeth ganddo ei fod o wedi niweidio'r forwyn. Edrychai ymlaen yn eiddgar at dderbyn canlyniadau'r tîm fforensig yn y bore.

Pennod 31

Drannoeth roedd D.I. John wrth ei ddesg ac yn edrych yn siomedig ar yr adroddiad o'i flaen. Doedd y tîm fforensig ddim wedi darganfod unrhyw wybodaeth o bwys yn y ficerdy. Wedi archwilio'r car a phob ystafell yn y tŷ, gan gynnwys y seler, yr atig, y cytiau a'r stablau, doedd dim tystiolaeth o dorcyfraith, nac o drais yn erbyn Sian wedi ymddangos.

Deth y diwti Sarjant ato a sibrwd yn ei glust.

'D.I. John, mae gynnoch chi fisitor.'

Roedd y ffordd y siaradai'r Sarjant yn awgrymu bod rhywun go annisgwyl yn aros amdano yn yr ystafell gyfweld. Yno, safai dyn trwsiadus, tua saithdeg oed a'i wallt yn wyn. Gwisgai siwt lwyd a choler wen ei alwedigaeth. Ar ei frest hongiai sbectol ddarllen fach, digon llipa'r olwg, ar linyn. Cyflwynodd ei hun yn hyderus, fel Y Parchedig Arthur Grace, Deon Gwlad a chynrychiolydd Arch Deoniaeth Bangor. Ar ôl codi un ael yn chwilfrydig, tynnodd D.I. John ei lyfr nodiadau o'i boced a gwahodd y Parchedig i eistedd.

'Sut medra i eich helpu chi, syr?'

'Fel y Deon bro, sy'n gwarchod Deoniaeth Wledig Tindaethwy, mae'r Parch Tomos James, ficer Eglwys Penmynydd, yn un o'r ficeriaid o dan fy ngofal.'

Caledodd wyneb y Deon rhyw fymryn cyn parhau.

'Does dim tystiolaeth o'r fath yn y byd yn erbyn ficer Penmynydd. Doedd hi felly ddim yn addas i ddyn parchus fel fo gael ei drin fel carcharor a'i lusgo yma ddoe!'

Eisteddodd y ficer yn ôl yn ei gadair, gan edrych yn hunanfodlon ar ôl crynhoi ei neges. Caeodd D.I. ei lyfr nodiadau yn glep. Doedd o ddim am adael i'r dyn yma bregethu wrtho. Cyn iddo gael cyfle i sôn am yr anghysondebau yng nghyfweliadau'r ficer, dechreuodd y Deon ymhelaethu, ei lais yn ysgafnach y tro hwn.

'Cofiwch, fy mod i yma i gynnig help hefyd, *Inspector*. Dwi'n gwybod be sy'n digwydd mewn ficerdai ac eglwysi lleol. Dwi yma i ateb eich cwestiynau a'ch cynorthwyo. Dwi'n hoffi cadw fy mys ar y pyls, fel petai.'

Agorodd ei lyfr nodiadau. Roedd cynnig y Deon i fod o gymorth yn agor drws annisgwyl iddo. Bodiodd y tudalennau nes dod o hyd i dudalen wag.

'Iawn, perffaith. Gawn ni ddechrau efo Sian. Oeddech chi'n nabod Sian? Fedrwch chi beintio darlun i mi ohoni a sôn am ei pherthynas â'r ficer?'

Taflodd y cwestiwn y Deon o'i echel am eiliad. Llaciodd ei goler, daeth llafn o chwys ar ei dalcen ac agorodd ei geg i geisio chwilio am eiriau.

'Mater i'r ficeriaid ydy'r morwynion. Yn achos morwynion ficerdy Penmynydd, does yr un yn aros yn hir iawn. Maen nhw wastad yn symud ymlaen yn reit handi. Falla, bod y lleoliad yn rhy dawel ac yn anghysbell i ferched ifanc?'

'Neu, falla bod y Parchedig Tomos James yn gyflogwr sâl? Gawsoch chi unrhyw gwynion amdano gan y morwynion dros y blynyddoedd?'

Cyn ateb y cwestiwn, chwythodd y Deon ei wynt trwy ei wefusau yn anghysurus.

'Naddo, does dim cwynion wedi bod. Dim i mi wybod, beth bynnag.'

Edrychodd yr Archddiacon ar ei wats, 'Reit, yn anffodus dwi angen ymadael rŵan. Mae gen i gyfarfod arall.'

Cododd y Deon, gwisgo ei gôt ac aeth allan i'r coridor. Cyn ymadael, trodd i wynebu D.I. John.

'Mi fedraf eich sicrhau fod yr Eglwys yn fodlon cydweithredu mewn unrhyw fodd. Mae'r Parch Tomos James yn ecsentrig, ond tydi o ddim yn ddyn drwg! Dydd da i chi.'

'Diolch am yr ymweliad annisgwyl, syr. Mi fyddwn ni mewn cysylltiad os bydd angen mwy o wybodaeth arnon ni. '

Wedi iddo adael, estynnodd D.I. am sigarét arall a'i thanio. Defnyddiodd fatsien o'r llyfr matsis roedd y Parch Tomos James, ficer Penmynydd wedi ei roi yn rhodd iddo yn ystod eu cyfweliad. Wrth ddiffodd y fatsien edrychodd eto ar yr hysbyseb lliwgar ar glawr llyfr y matsis. 'The Russian Tea Rooms, 50 Harrington Road, London.'

Wrth droelli llyfr y matsis rhwng ei fysedd, cofiodd eiriau'r ficer pan dynnodd nifer ohonynt o'i boced a rhoi un iddo gan ddweud, 'Cadwch o, mae gen i ddigon ohonyn nhw.' Troellodd y geiriau yn ei ben. Pam bod gan y ficer lond poced o lyfrau matsis y Russian Tea Rooms? Oedd o'n ymwelydd cyson â'r lle? Oedd yna gysylltiad efo diflaniad Sian ac efallai llofruddiaeth Elin Williams â'r lle? Oedd y ficer newydd wneud ei gamgymeriad cyntaf? Roedd chwilfrydedd D.I. John am y lle diddorol yma yn tyfu. Edrychodd ar y cloc. Petai o'n symud yn gyflym a hysbysu ei bennaeth o'i fwriad, byddai gobaith dal y trên hanner dydd i Lundain.

Pennod 32
Awst 7

Ymlaciodd D.I. John yn ei sedd; teimlai'n flinedig, ond yn benderfynol o aros yn effro i werthfawrogi'r daith i Lundain. Roedd o wedi prynu papur newydd ar y platfform cyn dal y trên, heb ddim ond eiliadau yn unig yn sbâr. Darn cyntaf y siwrne oedd y gorau; harddwch Ynys Môn ac yna arfordir trawiadol Gogledd Cymru. Roedd mewn cerbyd ar ei ben ei hun, yn gwibio drwy'r wlad, gan wylio'r byd yn llithro heibio. Tynnodd y papur newydd o'i boced a sylwi mai trin a thrafod beth oedd bwriadau'r Almaen oedd ar y tudalen blaen. Heddiw, doedd ganddo mo'r amynedd i'w ddarllen, felly trodd at y tudalennau ôl i astudio'r ceffylau a fyddai'n rhedeg y diwrnod hwnnw ac a fu'n rhedeg y diwrnod cynt.

Yn ystod yr wythnos aeth si ar led mai ceffyl o'r enw Blue Shirt oedd yr un i gadw llygad arno yn Kempton Park. Doedd gan D.I. John ddim digon o bres i osod bet arno, gan iddo roi ei arian sbâr ar geffyl ifanc o'r enw Workman, ar ôl cael tip gan gymydog. Wedi troi at y dudalen ôl, gwelodd lun ceffyl a pherchennog balch yn dathlu. Edrychodd o dan y llun am yr enw. Collodd ei galon guriad pan welodd y pennawd. *Outsider Workman wins at Kempton.*

Ar ôl y wefr drydanol o ennill, gwibiodd ei feddwl i ddyfalu ble roedd o wedi rhoi'r slip betio. Doedd dim byd yn ei bocedi. Agorodd ei waled. Yno, wedi ei blygu'n flêr roedd y darn papur gwerthfawr. *Workman to win. Ten shillings 100/8.* Ymlaciodd. Pwysodd yn ôl yn ei sedd ac anadlodd yn hir. Doedd o ddim yn hollol siŵr o'i symiau, ond roedd o wedi ennill tua deg punt – dros bythefnos o gyflog! Gymaint gwell oedd astudio'r tudalennau ôl a'r sôn am hynt a helynt y ceffylau, na darllen y tudalennau blaen yn llawn darogan gwae bod rhyfel ar y gorwel.

Er iddo geisio aros yn effro, dechreuodd bendwmpian, caeodd ei lygaid yn araf ac i sŵn clip clap y cledrau, llithrodd yn araf i gysgu. Yna, ac yntau'n dal yn ei gornel, ysgydwodd y cerbyd a'i ddeffro o'i drwmgwsg. Doedd ganddo ddim syniad am faint y bu o'n cysgu, ond pan agorodd ei lygaid sylweddolodd ei fod yn agosáu at Euston, gan fod y cerbyd gwag bellach yn llawn ac ambell un yn gorfod sefyll.

'*Euston, your last stop,*' galwodd y gard.

Wedi gadael yr orsaf, cerddodd y daith fer i'r Midland Grand Hotel, adeilad unigryw a edrychai'n debycach i gastell gothig na gwesty. Yn ei anterth, 'nôl yn oes Fictoria, safai porthor mewn lifrai coch yn nrws y Midland Grand, ond doedd dim o'r crandrwydd hwnnw i'w ganfod yno erbyn hyn.

Ymunodd D.I.. John â'r ciw wrth y ddesg flaen. Gwelodd ei adlewyrchiad mewn drych mawr yn y dderbynfa a gweld bod ei wallt du yn edrych yn fwy afreolus nag arfer, wedi iddo gysgu a phendwmpian ar y trên. Bwciodd yr ystafell rataf posib. Doedd o ddim angen moethusrwydd, dim ond rhywle i gysgu am y noson.

Ar ôl iddo adael ei fag yn ei ystafell a thacluso ei hun ychydig, teithiodd ar y tiwb i High Street Kensington. Dringodd y grisiau allan i'r stryd, heb wybod yn iawn pa ffordd i droi. Tynnodd lyfryn y matsis o'i boced, er mwyn darllen cyfeiriad y Russian Tea Rooms unwaith eto – 50 Harrington Road. Er iddo ymweld â Kensington droeon yn ystod ei gyfnod yn heddlu'r MET yn y dauddegau, doedd o ddim yn cofio iddo sylwi ar y lle hwnnw o gwbwl.

Daeth warden heibio gyda helmed ddur am ei ben a phentwr o daflenni yn ei law. Cymrodd un ohonynt ganddo a chafodd gyfarwyddiadau ar sut i gyrraedd Harrington Road. Darllenodd y daflen: *Air Raid Precaution leaflet – Air raid rehearsal tonight – blackout warning*. Yn ôl y daflen, roedd angen gorchuddio pob ffenest a diffodd pob golau erbyn wyth o'r gloch. Teimlai D.I. John fod y rhyfel wedi cropian dipyn yn agosach. Ar ôl rhyw funud arall o gerdded, cyrhaeddodd rif 50 Harrington Road. Dim bwyty crand fel yr awgrymai'r enw oedd yno, ond caffi bach digon llwm ei olwg, yn wir ymddangosai fel petai o wedi cau. Edrychodd ar ei oriawr. Saith o'r gloch. Gwelodd bost heb ei gasglu ar y llawr y tu mewn i'r drws.

Wrth sefyllian yno, clywodd lais dyn y tu ôl iddo.

'Arhoswch. Dwi'n cyrraedd. Dwi'n hwyr. Ymddiheuriadau. Rhowch funud i mi.'

Wrth nesáu, chwifiai'r dyn fwndel o allweddi. O gwmpas ei saithdeg oed a chanddo lond pen o wallt gwyn, siaradai'r dyn Saesneg gydag acen Rwsieg. Ymddiheurodd sawl gwaith eto wrth agor y drws, codi'r post o'r llawr a chynnau'r goleuadau.

'Croeso. Dewch i mewn gyfaill. Mae pawb yn fy ngalw i *Yr Admiral*. Ga i gymryd eich côt cyn i chi eistedd, syr?'

'Na, mae'n iawn diolch. Gan ei bod hi'n ddiwrnod ychydig yn oer, dwi am wisgo 'nghôt i gadw'n gynnes.'

Ond, y gwir reswm dros gadw ei gôt, oedd bod ei bistol Browning yn un o'r pocedi. Aeth yr Admiral i'r gegin i baratoi a gadael D.I. John ar ei ben ei hun yn y caffi. Roedd dwsin o fyrddau crwn a lliain bwrdd glân ar bob un; uwchben y silff ben tân marmor hongiai llun o Tsar Nicolas II mewn lifrai milwrol crand. Roedd enw'r caffi, y 'Russian Tea Rooms', yn gwneud mwy o synnwyr wedi iddo weld y llun a'i bod hi'n amlwg bod gan yr Admiral gysylltiad â'r hen Rwsia Imperialaidd.

Anodd oedd credu bod ei ddiwrnod wedi dechrau yn Sir Fôn a gorffen yma yn Llundain. Ar ei ben ei hun yn y caffi, dechreuodd ei lygaid grwydro o amgylch y stafell. Tybed beth oedd cysylltiad y Parch Tomos James â'r lle hwn? O'r waliau diflas i'r llenni di-chwaeth, roedd y caffi bron mor llwm â'r storm oedd yn dechrau codi y tu allan.

Ar glawr y fwydlen roedd llun yr Admiral yn ddyn canol oed mewn lifrau milwrol crand. O dan y llun roedd ei deitl, *Admiral Wolkoff. Russian Imperial Navy*. Daeth D.I. John i'r casgliad fod yr Admiral balch wedi dianc o grafangau'r Rwsia gomiwnyddol.

Sylwodd fod yr Admiral, yn ei frys i agor y lle, wedi gadael y post ar fwrdd cyfagos. Ac yntau ar ei ben ei hun yn yr ystafell, bachodd ar y cyfle i edrych drwy'r post. Doedd dim byd anghyffredin am yr amlenni ar yr olwg gyntaf. Cymysgedd o filiau a llythyrau banc gan fwyaf. Ond i'r sawl oedd wedi ymarfer y grefft, roedd un peth yn amlwg, sef bod rhywun wedi stemio amlenni'r Admiral er mwyn eu hagor a'u darllen cyn eu hail selio. Fel un oedd wedi ymarfer y grefft droeon, roedd o'n adnabod yr olion bach a adawsai'r broses o stemio ar yr amlen.

Wrth weld rhywun yn nesáu at ddrws y caffi aeth yn ôl i'w sedd i bendroni. Dim ond gyda chydweithrediad y Post Brenhinol y byddai'r fath beth yn bosib a hynny ar ôl derbyn gwarant swyddogol. Yn ystod ei yrfa hir fel arolygydd, gwyddai o brofiad bod yn rhaid i'r mater fod yn un go ddifrifol. Pwy oedd yn monitro'r Russian Tea Rooms ac yn darllen y post a pham? Heddlu'r Met? Neu tybed oedd rhyw rymoedd eraill ar waith yma?

Daeth dwy wraig i mewn a chael llond pen gan yr Admiral am fod yn hwyr i'w gwaith. Ar ôl ychydig mwy o aros, daeth yr Admiral allan o'r gegin yn cario rhywbeth ar blât.

'Dyma chi. Cafiar o Rwsia, fel cwrs cyntaf.'

Gosododd yr Admiral blini bach crwn ar blât ac yna llwy fach wedi ei gorchuddio â chafiar tywyll, gan wahodd D.I. John i'w flasu.

'Mae'r cafiar yma'n dod yr holl ffordd o Fôr y Caspian. Y Cafiar gorau a flaswch chi yn Llundain, gyfaill.'

'Mae o'n edrych yn hyfryd iawn.'

Toddodd y cafiar yn ei geg. Y cwestiwn amlwg ar ei feddwl wrth werthfawrogi'r blas oedd, sut ddiawl roedd y lle'n gwneud elw os oedd yr hen Admiral yn rhoi bwyd drud fel cafiar i'w gwsmeriaid yn rhad ac am ddim fel hyn?

'Croeso. Mwynhewch. Mae pob cwsmer newydd yn cael y cafiar am bris gostyngol.'

Gwenodd D.I. John wên boenus a llithrodd gwerth diwrnod o gyflog i lawr y lôn goch.

Daeth tair gwraig ganol oed i mewn. Cusanodd y perchennog eu dwylo'n urddasol fel petai o'n croesawu'r teulu brenhinol. Roedd hyder yn llifo drwy ei wythiennau – yn yr urddas a ddangosai wrth gyfarch y cwsmeriaid a'r balchder a deimlent wrth iddo gymryd eu cotiau a'u harwain at fwrdd.

'Beth ydach chi am ei fwyta heno?' holodd yr Admiral wedi iddo ddychwelyd ato. Ar y fwydlen syml roedd cyw iâr wedi ei goginio mewn steil Siberaidd, ond dewisodd D.I. John y cig oen mewn saws traddodiadol.

Ar ôl mwynhau ei bryd syml archebodd baned o goffi fel y gallai glustfeinio ar y sgyrsiau ar y byrddau o'i gwmpas. Roedd pob sgwrs, yn ôl yr hyn a glywai, yn troi o gwmpas gwleidyddiaeth a'r posibilrwydd o ryfel ar dir Ewrop.

Wedi talu am ei fwyd, penderfynodd ladd amser cyn mynd yn ôl i'w westy. Aeth am smoc y tu allan. Os oedd y Russian Tea Rooms yn cael ei fonitro gan yr awdurdodau, gallai hynny olygu bod rhywun yn cadw llygad ar y mynd a'r dod o leoliad cyfagos.

Ar y stryd, cerddodd yn hamddenol o gwmpas a bwrw golwg ar y tai gyferbyn. Er bod y rhan fwyaf ohonynt mewn tywyllwch, eto i gyd sylwodd fod golau i'w weld mewn ambell le. Daeth un o wardeiniaid y *blackout* i lawr y lôn a churo'n ffyrnig ar ddrysau'r tai hynny, lle'r oedd goleuadau i'w gweld, a'u ceryddu. Rhoddai rybudd swyddogol iddynt a nodi eu henwau mewn llyfr bach pwrpasol. Daeth y warden at y tŷ gyferbyn â'r caffi, lle'r oedd golau'n disgleirio yn un o'r llofftydd. Curodd ar y drws yn galed.

'*Come on, Open up,*' gwaeddodd yn flin.

Yn dilyn mwy o guro, agorodd y drws a daeth dyn tal canol oed i'r golwg. Ar ôl cyfnewid ychydig eiriau newidiodd y warden ei diwn, nodiodd a chyffwrdd yn ei het, fel petai'n ymddiheuro.

Sathrodd DI John weddillion ei sigarét ar y palmant cyn gadael am ei westy. Defnyddiodd y tiwb i ddychwelyd i Euston. Ffafriodd hynny yn hytrach na thacsi oherwydd bod y gwaharddiad ar oleuadau, gan gynnwys lampau'r ceir, wedi arwain at lu o ddamweiniau ar lonydd Llundain. Tu allan i orsaf High Street Kensington dechreuodd amau fod rhywun yn ei ddilyn. Cyn esgyn y grisiau, i wneud yn siŵr, cipiodd un olwg sydyn dros ei ysgwydd a gweld y dyn canol oed yn nesáu, yr un atebodd ddrws y tŷ gyferbyn â'r Russian Tea Rooms.

Ar ôl teithio ar y tiwb i Euston, dringodd y grisiau allan o'r orsaf i'r stryd fawr, a sylwi bod y dyn ychydig lathenni tu ôl iddo. Wedi iddo gyrraedd lefel y stryd, arafodd ei gam er mwyn gadael i'r dyn ddod yn agosach eto. Pan welodd dacsi yn mynd heibio penderfynodd weithredu ei gynllun. Mewn ymdrech i ddal sylw'r tacsi trodd ar ei sawdl a rhedeg yn syth i mewn i'r dyn. Yn y gwrthdrawiad cipiodd D.I. John waled y dyn o boced ei gôt; sylwodd ar ei siwt ddrud Saville Row ac aroglodd y Brylcream yn ei wallt llwyd-ddu, oedd wedi ei gribo am yn ôl. Stopiodd y tacsi. Neidiodd D.I. John i mewn a gadael y dyn yn syllu'n syn ar ei ôl.

Pennod 33

Erbyn hyn, roedd Sian yn gorwedd mewn tywyllwch. Welodd hi 'mo wyneb ei hymosodwr a gipiodd hi a'i lluchio'n dwmpath blêr i gefn y cerbyd. Ar y lôn fach wledig, nid nepell o'r ficerdy, safodd y cerbyd wrth ei hymyl, pan oedd hi'n cerdded ar y ffordd unig yn y tywyllwch. Yn ddirybudd, neidiodd ffigwr o'r cerbyd a chydio ynddi.

Oherwydd y mwgwd am ei phen bu'n dioddef mewn tywyllwch llwyr ers oriau. Teimlai boen y rhaffau tyn am ei dwylo a'i phigyrnau. Llifai'r chwys i lawr ei chorff ac i mewn i'w llygaid gan wneud iddynt losgi. O bryd i'w gilydd gweiddai mewn ofn a dychryn a hefyd er mwyn ennyn sylw, ond chlywodd hi neb yn ei hateb. Doedd ganddi mo'r syniad lleiaf ble'r oedd hi, er gwyddai, oherwydd y diffyg ymateb i'w sgrechiadau, ei bod mewn lle unig. Yn sicr, doedd hi ddim mewn tŷ ac yn bendant, chafodd hi ddim moethusrwydd.

Bob hyn a hyn, mwstrai'r nerth i geisio rhyddhau ei hun o'r rhaffau, ond yn ofer. Roedd gan ei charcharor reolaeth lwyr drosti a sylweddolai, oherwydd ei chefndir, na fyddai neb yn gwybod ei bod hi yno ac na fyddai neb yn sylweddoli ei bod ar goll. Collodd gyfrif ar amser ac ymweliadau ei charcharor yn unig oedd yn bwysig iddi bellach. Bob tro yr agorai o'r drws, saethai cyfuniad o ofn a gobaith drwyddi, gobaith y byddai'r dyn wedi gweld synnwyr ac am ei rhyddhau. Ddwedodd ei charcharor yr un gair wrthi, er iddi bledio ac ymbil arno am drugaredd. Ofnai hefyd am ei bywyd ac am yr hyn roedd o'n bwriadu ei wneud iddi. Gwisgai fwgwd a doedd ganddi, felly mo'r syniad lleiaf pwy oedd ei charcharor.

    Llithrai'r oriau heibio a dechreuodd ei meddwl grwydro. Crwydro er mwyn dianc rhag yr anobaith oedd yn cau amdani. Ceisiodd ei gorau i ddychmygu dyfodol yn llawn hapusrwydd yng nghwmni gŵr a phlant mewn cartref diogel a llu o ffrindiau newydd. A dyna broblem arall. Dechreuodd wawrio arni nad oedd neb yn malio dim amdani, gan iddi gael ei magu mewn cartref i blant amddifad, sef St Annes. Pwy felly oedd yno i chwilio amdani?

Pennod 34

Trwy gydol bore trannoeth, bu Llundain yn ymarfer eu seirenau cyrch awyr. Ar draws y ddinas codai'r sŵn cwynfanllyd ac ar ei waethaf swniai fel haid o gathod gwyllt yn sgrechian yn unsain. Wedi i'r ymarfer swnllyd orffen, agorodd Maxwell Knight ffenest ei fflat yn Dolphin Square i gael awyr iach. Roedd o'n ddyn tal, hyderus yr olwg a chanddo ddelwedd digon tebyg i beilot yn yr RAF. Siaradai Saesneg mewn acen oedd wedi ei naddu yn un o ysgolion bonedd mwyaf crand Lloegr.

Ers degawd bellach bu'n gweithio i'r MI5 a hynny o fewn adran fach annibynnol o'r enw B5b, sef adran o ddau, Max ei hun a'i ysgrifenyddes. Roedd bod yn annibynnol o'r MI5 yn siwtio Max i'r dim, gan ei fod yn hoff o redeg ei sioe ei hun a'i gas beth oedd biwrocratiaeth ormesol. Mewn gwirionedd, roedd yn well gan Max gwmni anifeiliaid na phobl a threuliai oriau lawer o'i amser hamdden yn crwydro'r coedwigoedd yn chwilio am adar. Yn ogystal â hynny, rhoddai ei gyfeiriad yn Dolphin Square, hyd braich holl bwysig rhyngddo â gweddill yr MI5 a'i bencadlys i fyny'r lôn.

Ei brif rôl yn yr MI5 oedd apwyntio a rheoli ysbiwyr a dim ond fo a wyddai pwy oeddynt. Yn ôl Max, dyna'r unig ffordd o warchod ei hunaniaeth a'i gyfrinachedd. Byddai o'n dewis ysbiwyr o bob galwedigaeth, ond yn aml, newyddiadurwyr, ficeriaid, actorion, naturiaethwyr, nofelwyr, neu athrawon fydden nhw. Roedd apwyntio ysbïwr newydd yn golygu llawer o gynllunio gofalus ac ychydig a wyddai, pan glywodd gnoc ar ei ddrws, ei fod ar fin apwyntio ysbïwr heb iddo wneud unrhyw waith paratoi a wnâi fel arfer.

Agorodd Max y drws ac yno o'i flaen safai D.I. John. Fflachiodd fathodyn yr heddlu ac yna aeth i boced arall ac estyn waled.

'Dyma eich waled. Mi gollasoch chi hi neithiwr. Ychydig yn esgeulus am ddyn sy'n gweithio i MI5,' meddai.

Yn reddfol, teimlodd Max boced ei siaced a'i chanfod yn wag. Roedd dau beth yn taro Max am y dyn yma'n syth. Ei ddwylo slic a'i ddyfeisgarwch wrth iddo ffeindio cyfeiriad MI5 yn Dolphin Square.

Ar ôl ei wahodd i mewn, a diolch iddo am ddychwelyd y waled, holodd Max pa fusnes oedd ganddo yn y Russian Tea Rooms. Eglurodd D.I. John y cysylltiad rhwng y caffi â'r Parchedig Tomos James, gan ychwanegu hefyd wybodaeth am ddiflaniad Sian, ei forwyn.

'Er, efallai nad oes unrhyw gysylltiad o gwbl rhwng y digwyddiadau hyn ar Ynys Môn a'r caffi,' ychwanegodd.

Gwenodd Max. 'Diolch am egluro. Maxwell Knight yw'n enw i, ond mae pawb yn 'y ngalw i'n Max. Aeth i nôl ffeil a thynnu nifer o ffotograffau ohoni a'u gosod o flaen D.I. John.

'Ydach chi'n gweld y Parchedig Tomos James ymhlith y lluniau yma?'

Edrychodd ar y lluniau niferus. Cymysgedd o ddynion a gwragedd o bob oedran.

'Cymrwch eich amser.'

'Fo,' atebodd D.I. John yn bendant, gan osod ei fys ar wyneb y Parch Tomos James.

Yn y llun roedd y Parchedig yn gwisgo siwt a thei gyffredin ac yn siarad efo dyn pen moel â mwstas, dyn oedd yn edrych fel gwenci slei. Yn hynny o beth roedd y ddau yn edrych yn reit debyg i'w gilydd. Cododd Max ei aeliau trwchus.

"Da chi'n siŵr?'

'Yn bendant. 'Di o ddim yn gwisgo ei goler arferol, ond dyna'r Parch Tomos James, yn ddi-ddadl.'

'Diolch am roi enw iddo, gan ein bod ni wedi trio rhoi enw i'r dyn yma ers iddo ymddangos am y tro cyntaf yn y Russian Tea Rooms, tua blwyddyn yn ôl.'

'Pwy ydy'r holl bobol eraill yn y lluniau?' holodd.

Siaradodd Max yn dawel, fel petai am rannu cyfrinach.

'Aelodau o gymdeithas adain dde, gudd o'r enw *The Right Club*. Maen nhw'n cyfarfod yn y Russian Tea Rooms. Y perchennog, yr Admiral, yw un o'r aelodau mwyaf blaenllaw. Ond, un o'r pysgod mwyaf ohonynt i gyd ydy hwn – Cymro o'r enw Vaughan Henry.'

Plannodd Max ei fys ar wyneb y dyn oedd yn y llun efo'r Parch Tomos James. Yna, tynnodd dudalen o'r ffeil a'i basio i D.I. John.

Vaughan Henry. Welsh speaking Musician and Composer. Occasional BBC Broadcaster. Prominent in National Eisteddfod of Wales circles and Member of Bardic Circle. Falsely claims to be a decorated soldier who fought in the Great War, but was in fact interned in a German Prison Camp for the duration of the War.

Violent anti semite, Nazi sympathiser and Hitler supporter. Regular visitor to Germany and friendly with

Goebbells and Himler. Identified as a threat to National Security.

Ysgydwodd D.I. John ei ben mewn syndod ar ôl darllen amdano.

'Mae gen i awgrym.' Cododd Max o'i ddesg ac ystwytho ei gyhyrau cyn parhau. 'Tybed, allwn ni gydweithio? Yn enwedig gan fod y ddau ohonom angen gwybod mwy am y cysylltiad rhwng y Parchedig Tomos James a Vaughan Henry.'

'Beth 'da chi'n 'i awgrymu?'

'Beth am i chi fynd 'nôl i'r Russian Tea Rooms? Os oes rhywun yn gofyn, dwedwch eich bod ar eich gwyliau. Trïwch greu cysylltiad efo Vaughan Henry. Bydd o'n mynd yno am ginio'n reit aml, efallai bydd o yno heddiw.'

'Ond mae o bownd o amau dyn diarth sy'n ymddangos yn ddirybudd.'

Ysgydwodd Max ei ben.

'Peidiwch â dibrisio gwerth eich Cymreictod. Siaradwch Gymraeg. Mae o'n ddyn sy'n hoffi clochdar am ei wreiddiau Cymraeg a'i lwyddiannau. A pheth arall i'w gofio, mae o wastad yn brin o arian. Gallwn i roi fflôt o ugain punt i chi fel arian i gynnig lletygarwch iddo. Bydd Vaughan Henry yn glynu wrth bobol ariannog fel magnet ac os talwch chi, mi fydd o'n eich gweld chi fel dyn sydd yn werth eich nabod!'

Tynnodd Max allwedd o fachyn. 'Mae hwn yn agor blwch cyfrinachol yn steshion Euston. Defnyddiwch o i gyfathrebu efo ni. Mae'r blwch yn cael ei fonitro'n ddyddiol.'

Yna, ysgrifennodd ei rif ffôn ar ddarn papur. 'Dyma ffordd arall i chi gysylltu os byddwch ar frys. Dyma fy rhif ffôn i yma. Gobeithio y ffeindiwch chi'r ferch sydd ar goll, a phob lwc.'

Pennod 35

Yn ninas Munich, yn yr Almaen, roeddent hefyd yn ymarfer yn y tywyllwch. Ond, yn wahanol i Lundain, roedd y strydoedd yno'n ddu bitsh a doedd dim sôn am wardeiniaid yn casglu enwau mewn llyfrau nodiadau. Doedd neb yn tramgwyddo yn Munich. Dilynai pawb y rheolau yno, oherwydd y gosb am eu torri oedd mis o garchar.

Mewn gwrthgyferbyniad llwyr i ymarfer anniben Llundain, doedd yr un enaid byw ar strydoedd Munich heno. Roedd y tai mewn tywyllwch a'r lonydd yn frith o gerbydau – cerbydau gwag wedi eu gadael rhywsut, rhywsut gan y gyrwyr ar ôl iddynt glywed sŵn y seiren a wnaeth iddynt redeg am y seler agosaf. Tyfodd sŵn awyrennau anweledig y Luftwaffe uwchben. Ymarfer oedd pwrpas heno, ond, gwnaeth y sŵn uchel godi dychryn ar y dewraf o drigolion y ddinas. Taflodd y chwiloleuadau eu pelydrau i'r awyr uwchben a dechreuodd y gynnau danio, clac, clac, clac.

Yng nghanol hyn i gyd, teithiai un dyn yng nghefn ei Mercedes i gyfeiriad y Carlton Tea Rooms, ei hoff fwyty yn Munich. Roedd y lle dan ei sang a phob bwrdd, heblaw un, wedi ei archebu. Ar yr unig fwrdd gwag roedd y staff wedi gosod cerdyn, RESERVIERT FÜR DEN FUHRER. Yn ogystal â bwyd da mewn ystafell braf, prif atyniad y lle i Adolf Hitler oedd y modd y câi lonydd gan y cwsmeriaid eraill. Ymhob bwyty arall yn y dre, byddai'r cwsmeriaid yn codi ar eu traed a chlapio eu cymeradwyaeth wrth iddo ymddangos.

Cerddodd Hitler i mewn i'r ystafell a thawelodd sgyrsiau bywiog y Carlton. Cymrodd y gweinydd ei archeb – Crempog ac wyau. Ar ôl iddo setlo, ail gydiodd y sgyrsiau ar y byrddau eraill. Mewn llai na munud, agorodd y drysau eto a syrthiodd y lle'n dawel am yr eildro. Y tro hwn, fel dyn drwg mewn drama, herciodd Joseph Goebbels i mewn i'r ystafell. Dyn byr a main gyda gwallt hollol ddu. Roedd Goebbels, yn drwsiadus, fel arfer. Gwisgai siwt Hugo Boss a phâr o esgidiau, gan un o grefftwyr gorau Berlin. Arbenigedd y dyn hwn oedd gwneud i gelwydd swnio fel gwirionedd. Gallai hefyd basio'r bai am weithredoedd treisgar ei bennaeth ar bobl eraill. Eisteddodd gyferbyn â'i bennaeth. Doedd Goebbels ddim am fwyta a doedd o ddim yn bwriadu aros yn hir. Un o'i gas bethau oedd ciniawa gyda'i bennaeth, gan fod Hitler yn saethu darnau o fwyd i bob cyfeiriad wrth siarad a bwyta'n flêr ar yr un pryd.

'Mae gen i newyddion da am y gyngerdd. Mae'r unawdwyr wedi eu cadarnhau,' cyhoeddodd gan arllwys gwydriad o ddŵr iddo'i hun.

'Falch o glywed,' atebodd Hitler wrth gnoi ei ewinedd. Gwingodd Goebbels wrth weld hyn. Roedd o'n casáu arferiad hyll a chyhoeddus ei bennaeth.

'Ond, yn anffodus, nid yw Wilhelm Furtwängler ar gael i arwain y Berlin Philarmonic.'

Stopiodd Hitler ei gnoi. Wilhelm Furtwängler oedd ei hoff arweinydd.

'Ond na phoener, mae Vaughan Henry wedi cytuno arwain y gerddorfa. 'Da chi wedi cael cinio efo Vaughan. Ydach chi'n cofio? Dyn o Brydain, yn rhannu'r un penblwydd â chi?'

Gan fod cof Hitler fel rhidyll, dim ond wrth ddefnyddio ffeithiau bach fel hyn roedd modd ei atgoffa. Cofiodd Goebbels fod y ddau wedi codi gwydryn a chynnig llwnc destun ar ôl sylweddoli eu bod nhw wedi eu geni ar yr un dyddiad.

'Ble mae Wilhelm?' mynnodd Hitler.

'Mae Wilhelm yn Llundain yn arwain cyngerdd arall. 'Da ni wedi trafod hyn mewn sgwrs wythnos yn ôl? Cytunwyd bod cynnig y gwaith i Brydeiniwr yn gyrru neges gyfeillgar i bobl Prydain.'

Gwenodd Goebbels, wrth geisio cuddio ei rwystredigaeth.

'Nac ydw, dwi ddim yn cofio. Fedrwch chi ddim disgwyl i mi gofio pob dim. Ydy'r Vaughan 'ma yn gwybod be dwi'n ei hoffi? Wagner a Bethoven – dwi ddim eisiau clywed Mahler nag unrhyw sothach Iddewig fel 'na.'

Chwarddodd Goebbels eto.

'Na phoener, mae Vaughan Henry o'r un farn â ni am yr Iddewon. Mae o'n eu casáu nhw â chas perffaith.'

Daeth y gweinydd â swper Hitler iddo. Yr eiliad y cododd ei gyllell a'i fforc i fwyta, cododd Goebbels a ffarwelio. Doedd o ddim eisiau gweld Hitler yn bwyta, oni bai bod yn rhaid iddo wneud. Unwaith y câi y bwyd ei weini, roedd Hitler fel hwch mewn cafn a doedd Goebbels ddim yn dymuno cael cawod o wy a chrempog dros ei siwt newydd.

Pennod 36

Ar y ffordd i'r Russian Tea Rooms dringodd D.I. John allan o'r tiwb a chlywed llais gwerthwr papurau newydd yn galw'n groch. *'Adolf Hitler War speech in Prague. Read all about it!'*

Prynodd y papur a'i blygu o dan ei fraich. Wrth gerdded i lawr Harrington Road i gyfeiriad y Tea Rooms gwelodd flwch ffôn. Aeth i'w boced ac estyn darnau swllt. Roedd o'n awyddus ffonio'r Orsaf yng Nghaergybi i holi a oedd yna unrhyw newyddion am ddiflaniad Sian, y forwyn.

Ymddangosai'r blwch ffôn fel petai'n wag ar yr olwg gyntaf, ond wrth iddo nesáu agorodd y drws a rhedodd bachgen bach allan nerth ei draed gyda dwy geiniog yn ei law. Gwenodd D.I. John wrth ei wylio'n mynd ar wib. Roedd ambell un yn anghofio gwasgu'r botwm i gasglu'r newid ar ôl gwneud galwad. Felly, byddai'r plant mwyaf direidus yn mynd o flwch i flwch yn gwthio'r botwm yn y gobaith o gasglu ambell geiniog.

Ffoniodd yr Orsaf a chadarnhaodd y Diwti Sarjant nad oedd dim unrhyw newyddion o gwbl am y forwyn. Doedd hi ddim yn ymddangos i D.I. John bod unrhyw un yn gofidio, nac yn ymchwilio, na hyd yn oed yn holi amdani, chwaith. Aeth ymlaen i'r Russian Tea Rooms yn teimlo'n ddigon diflas.

Croesawodd yr Admiral ef yn gynnes.

'Croeso 'nôl eto. Dwi'n falch ein bod ni wedi eich plesio ddoe.'

Pwyntiodd D.I.John at bennawd ei bapur newydd am Hitler yn cyfarch torf enfawr yn Prague, 'Mae o'n boblogaidd iawn.'

'Yndy, cytuno. Mae llywodraeth Checoslovakia wedi bod yn cam-drin yr Almaenwyr lleol ers blynyddoedd,' ychwanegodd yr Admiral.

'Mae byddin Hitler yn llawer mwy trefnus na'n byddinoedd ni,' awgrymodd D.I. John.

Chwarddodd yr Admiral yn uchel.

'Yn bendant! Yn bendant! Does dim un byddin well mewn bodolaeth.'

Ar ôl eistedd wrth yr unig fwrdd sbâr yn y Russian Tea Rooms, archebodd ei fwyd a setlo i ddarllen ei bapur, er mai clustfeinio ar sgyrsiau cwsmeriaid eraill oedd ei fwriad, mewn gwirionedd. Ar fwrdd cyfagos, cododd un llais, fel ceiliog ar fuarth fferm, gan foddi lleisiau pawb arall. Siaradai'r dyn mewn acen cockney balch. Ei gynulleidfa oedd dwy wraig yn eu pedwardegau, y ddwy yn gwrando'n astud ar bob gair, fel petaent wedi eu swyno ganddo. Roedd y ddwy yn cymryd eu tro i gytuno.

'Ti'n iawn, Jock. Wrth gwrs, Jock.'

Yn ôl Jock, yr unig berson a geisiai ddelio efo 'melltith' yr Iddewon oedd yr Almaenwr, Adolf Hitler. "Da ni, y bobol gyffredin, o dan bawen yr Iddewon. 'Da ni'n cael ein twyllo. Mae 'na gynllwyn rhwng y gwleidyddion a'r bancwyr Iddewig i'n rheoli ni!'

Pan gododd D.I. John ei ben o'i bapur newydd i edrych arno, stopiodd Jock yng nghanol ei araith.

'Ia? Beth sy gynnoch chi i'w ddweud?' holodd Jock yn heriol.

'Guten tag,' meddai D.I. John, mewn llais cyfeillgar.

'Diolch a Guten tag i chi. Ydach chi'n Almaenwr?' holodd Jock yn chwilfrydig.

'Na, ond dwi wrthi'n dysgu'r iaith. Clywais chi'n siarad am yr Iddewon. Dw i'n cytuno efo chi. Cytuno â phob gair.'

Aeth D.I. John i'w boced a nôl pecyn o sigaréts Sturm. Roedd Max yn MI5 wedi rhoi pecyn iddo fel ffordd gynnil o ddangos ei falchder mewn pethau Almaenig. Cynigiodd un i Jock a derbyniodd yntau hi'n ddiolchgar.

'Sigaréts Almaenig! Diolch. Ydach chi wedi bod yn yr Almaen erioed?' holodd ar ôl tanio a gyrru cwmwl du o fwg tua'r nenfwd.

'Naddo, erioed. Pam?'

'Os oes diddordeb gynnoch chi, mi fedrith Molly, fy nghymar, fod o gymorth i chi.'

Cochodd un o'r gwragedd a chyflwyno ei hun fel Molly Hiscox. Eglurodd ei bod yn trefnu tripiau i'r Almaen ar gyfer ffrindiau a chwsmeriaid y caffi. Cyflwynodd D.I. John ei hun. Er mwyn hwylustod galwodd ei hun yn Dafydd Idris John – D.I. John i'w ffrindiau – Cymro ar wyliau yn Llundain.

'Taff, dwi'n galw pob Cymro!' meddai Jock gan chwerthin.

O'i bag tynnodd Molly daflen liwgar â'r teitl, *Germany Invites You* arni. Ar y clawr, roedd golygfa ramantaidd o'r Almaen ddelfrydol. Bachgen ifanc, penfelen, mewn leaderhosen â phluen yn ei het, yn cerdded ar gyrion coedwig. Ar gopa'r bryn, y tu ôl iddo, safai castell gothig ac ar y gorwel pell, bryniau uchel ag eira ar eu copaon.

'Dyma daflen un o'r tripiau dwi'n ei drefnu,' meddai Molly.

Astudiodd y daflen yn chwilfrydig. Synhwyrodd Molly fod ganddi gwsmer.

'Dwi'n trefnu popeth. Yr amserlen. Yr adloniant. Y bws. Y fordaith. Y gwestai. Ie, pob dim.'

'Mae Molly yn drefnwraig penigamp, Taff,' dwedodd Jock gan wasgu ei phen-glin ar yr un pryd.

'Diddorol iawn. Pryd mae eich trip nesaf?' holodd.

'Mewn wythnos. Trip i'r brifddinas – Berlin. Ydach chi eisia dod? Mae 'na le ar ôl – £5 o flaendal fasa'n rhaid i chi dalu am rŵan. Mae 'na Gymro arall ar y daith, Vaughan Henry – mae o'n gerddor enwog. Ydach chi wedi clywed amdano fo 'nôl yng Nghymru?'

I D.I. John roedd clywed enw Vaughan Henry fel y cynnwrf trydanol a deimla pry copyn wedi i bry lanio yn ei we. Aeth i'w boced ac estyn papur pum punt.

'Dwi'n hapus i dalu'r blaendal ac mae'n braf clywed bod 'na Gymro arall ar y daith. Fasen i ddim yn meindio cael sgwrs bach sydyn efo fo i gael barn Taff arall am y trip,' meddai gan achub ar y cyfle i ddod i nabod y Vaughan Henry hwn.

'Syniad da. Yn anffodus, dwi ddim yn credu bod Vaughan yn dod yma i'r caffi heddiw, ond dwi ddim yn meddwl y basa fo'n meindio siarad efo chi am y trip. Arhoswch am eiliad. Mae ei gyfeiriad o rywle yn y llyfr 'ma.'

Aeth Molly i'w bag ac estyn llyfr bach du, digon tebyg i ddyddiadur.

'Dyma ni. 17 Stanley Crescent. Pa enw 'da chi am i mi ei roi i lawr er mwyn archebu lle ar y trip?'

'Dafydd Idris John,' atebodd.

Pennod 37

Wedi iddo orffen ei ginio, cymerodd D.I. John dacsi i ardal Notting Hill. Ei fwriad oedd dweud wrth Vaughan Henry bod Molly Hiscox wedi awgrymu y dylai alw heibio i drafod y trip.

Tafliad carreg o Buckingham Palace, safai Stanley Crescent, ardal braf o erddi taclus a strydoedd coediog. Crwydrodd ei lygaid dros y tŷ yn rhif 17. Edrychai mor dawel a chysglyd; roedd hi'n anodd dychmygu Natsïaid yn dod yno i blotio *putsch* i ddymchwel y llywodraeth. Chwarddodd yn dawel ar ôl cofio disgrifiad Max ohono: *Calls himself Dr Leigh Francis Howell Wynne Sackeville de Montmorency Vaughan-Henry but these names are a piece of fiction as only Vaughan Henry appears on his birth certificate.*

Mewn realiti, roedd Vaughan Henry yn fab i John a Kate Henry o Borthmadog. Roedd ei enw hir yn atgoffa D.I. John o'r enw hir a grëwyd i farchnata pentref Llanfairpwll ar Ynys Môn – ffantasi llwyr i ddenu sylw ac i ddenu twristiaid i Fôn. Rhoddodd Max ffeil yn llawn ffeithiau am fywyd Vaughan Henry iddo ac fe'i darllenodd yn ofalus. Roedd swyddogion MI5 wedi mynd drwy ei gefndir â chrib mân a darganfod celwydd ar ôl celwydd. Bywyd yn llawn ffantasiâu a chelwyddau noeth ydoedd, gan ddyn oedd mor ansicr, nes teimlo'r angen i ffugio ei orffennol i geisio ennill mwy o statws a dylanwad yn ei fywyd o ddydd i ddydd.

Ei record fel milwr oedd un o'i gelwyddau mwyaf lliwgar. Yn 1914, ar ddechrau'r Rhyfel Mawr, roedd Vaughan Henry yn ddarlithydd yn yr Almaen. Fel pob Prydeiniwr ar dir y gelyn ar ddechrau'r rhyfel, carcharwyd ef yng ngwersyll Ruhleben, ger Spandau. Yno bu'r Cymro, ynghyd â channoedd o Brydeinwyr eraill, trwy gydol y rhyfel yn byw bywyd gweddol gysurus. Yr unig beth cyffrous a ddigwyddodd iddo yn Ruhleben oedd iddo gyfansoddi opera i ddiddanu ei gyd-garcharorion a byddai'n trefnu cyngerdd bob blwyddyn ar Ddydd Gŵyl Dewi. Ar ôl dychwelyd i Brydain, penderfynodd Vaughan Henry ledaenu'r stori iddo fod yn y fyddin a'i fod wedi ennill medalau (y Military Cross a'r Italian War Star) am ei ddewrder. Tipyn o gamp i ddyn a fu dan glo trwy gydol yr ymladd!

Curodd D.I. John ar y drws. Wrth aros, dyfalodd beth i'w alw. Galwai Vaughan Henry ei hun yn *Doctor of Music*, er nad oedd yr un sefydliad academaidd wedi clywed amdano. Roedd o'n ymwelydd cyson â Chymru, yn Aelod o'r Orsedd ac yn arweinydd cyngherddau mawreddog yn yr Eisteddfod Genedlaethol. Roedd hi'n anodd dweud beth oedd yn ffaith, a beth oedd yn ffuglen ym myd pen i waered Vaughan Henry. Ar ôl darllen cymaint amdano, roedd D.I. John yn edrych ymlaen at gyfarfod â'r Cymro crwca o Borthmadog.

Daeth rhywun i sbecian arno o'r tu ôl i'r llenni. Roedd eglurhad amlwg iawn am y swildod hwn. Yn ôl y ddogfen, roedd gan Vaughan Henry ddyledion a byddai'n amheus o bob dieithryn, rhag ofn mai casglwr dyledion oedd yno. Tynnodd y daflen wyliau Almaenig o'i boced a'i chwifio. Mewn ychydig agorodd gil y drws.

'*Can I help you?*' gofynnodd Vaughan Henry.

'Mr Vaughan Henry? Y cerddor?' holodd D.I. John gan roi cryn bwyslais ar ei acen ogleddol. Lledodd gwên dros ei wyneb ar ôl clywed y Gymraeg. Agorodd y drws led y pen.

'Ia, dyna chi. Cymro 'da chi? Sut medra i'ch helpu chi?'

'Molly Hiscox awgrymodd 'mod i'n galw heibio. Dwi'n gobeithio mynd ar y daith nesaf i'r Almaen ac yn awyddus i gael sgwrs.'

Nodiodd Vaughan Henry. 'Iawn, 'da chi am baned?'

Roedd parlwr Vaughan Henry wedi ei ddodrefnu'n syml, gydag ambell gadair, piano yn y gornel, ond yn amlycach, roedd papurach a llyfrau wedi eu gwasgaru'n flêr ymhobman. Tŷ dyn sengl – nid annhebyg i gyflwr cartref D.I. John ei hun 'nôl yn Rhosneigr.

'Ymddiheuriadau am y llanast. Dwi wrthi'n cyfansoddi ac wedi esgeuluso'r gwaith o dacluso'r tŷ.'

''Da chi wedi bod dipyn yn yr Almaen? Dwi erioed wedi bod yno fy hun, ond dwi'n dysgu'r iaith.'

Tynnodd D.I. John eiriadur Almaeneg o'i boced a'i chwifio'n frwdfrydig.

'Dwi wrth fy modd efo'r lle,' meddai Vaughan Henry ac am yr hanner awr nesaf, siaradodd yn ddi-stop am ei gyfnod yn byw yno fel darlithydd ac am ei dripiau i ymweld â'r wlad.

'Dwi'n licio'r Almaenwyr cymaint, nes i mi briodi merch o'r Almaen.'

Aeth Vaughan Henry i ddrôr ac estyn ffotograff o wraig yn ei phedwardegau. Roedd D.I. John yn cofio gweld enw'r Almaenes, Hedwig Steinborn yn adroddiad MI5. Yn ôl MI5, perthynas o bell oedd ganddynt gan fod Hedwig yn byw y rhan fwyaf o'i hamser bellach, yn yr Almaen. Daeth y ditectif i nabod Vaughan Henry yn gyflym iawn, gan ei fod o mor hoff o siarad amdano fo ei hun. Dim ond gwrando a nodio yn y llefydd cywir roedd angen iddo ei wneud.

'Be ydych enw chi, gyfaill? Be 'da chi'n wneud yn Llundain?' holodd Vaughan Henry ar ôl sylweddoli nad oedd o'n gwybod dim am y dieithryn.

'Dafydd Idris John, ond ma' pawb yn 'y ngalw i'n D.I. John. Dwi'n dod o Ynys Môn ac ar wyliau hir, gan obeithio gwneud tipyn o deithio.'

'Ynys Môn? Lle braf. Dwi wedi bod yno droeon.'

'Do wir? Pa ran?'

'Un o'r pentrefi bach. Mae gen i ffrind sy'n fy ngwahodd i aros gyda fo, o dro i dro. Ydach chi'n gyfarwydd â gwaith Goronwy Owen, gyda llaw? Dwi'n credu ei fod o'n disgrifio Ynys Môn yn berffaith yn ei gerddi.

'Pwy a rif dywod Llifon,
pwy rydd i lawr Wŷr Mawr Môn?'

Wrth wrando ar Vaughan Henry yn dyfynnu mwy o linellau barddol, crwydrodd ei olwg o amgylch y 'stafell, nes syrthio ar lun o Adolf Hitler.

'Ydach chi'n licio'r llun?' holodd Vaughan Henry.

Cododd D.I. John o'i gadair a nesáu at y llun. 'Adolf Hitler. Dyn sy'n gwybod sut i arwain.'

'Yn hollol,' ategodd Vaughan.

Ar y piano gerllaw, gwelodd D.I. John ffotograff o Vaughan gyda'r Parchedig Tomos James – ficer Penmynydd a Molly Hiscox o'r Russian Tea Rooms. Roedd y triawd yn sefyll o flaen car Volkswagen.

'Ydach chi yn yr Almaen yn y llun hwn?' holodd.

'Ydan, mi roedden ni wedi llogi Volkswagen – pa gar 'da chi'n ei yrru?'

'Austin 7. Ond tydi o ddim patsh i'r Volkswagen,' awgrymodd D.I. John gan seboni.

'Mae hynny'n wir. Ma nhw'n gwneud pob dim yn well na ni.'

Yng nghanol y sgwrs stopiodd Vaughan Henry fel petai o wedi cofio rhywbeth. Cipiodd olwg sydyn ar y cloc.

'Damnia! Collais drac ar amser. Dwi'n mynd i fod yn hwyr.' Gwisgodd ei gôt a phrysuro am y drws.

Ymddiheurodd D.I. John am ei wneud o'n hwyr.

'Dwi'n ddiolchgar iawn i chi am roi o'ch amser i mi. Sylwais fod sawl tacsi yn aros tu allan felly, i ddiolch i chi am eich caredigrwydd, gadewch i mi dalu am dacsi a'ch gollwng chi yn rhywle. I ble 'da chi angen mynd?'

'Da chi'n garedig iawn. Dwi'n mynd i Finsbury Square.'

Pennod 38

Ar y daith, cipiodd Vaughan Henry olwg ar ei oriawr sawl gwaith.

'Be sy 'mlaen yn Finsbury Square?' holodd.

'Cyfarfod yr English National Association. Mae Lord Tavistock wedi 'ngwahodd i'n bersonol i annerch y cyfarfod. Ydach chi'n gwybod pwy ydy Lord Tavistock?'

'Na, dim felly,' atebodd, er bod ganddo gof da o weld yr enw yn nogfen MI5 fel un o gysylltiadau adain dde Vaughan Henry.

"Da chi wedi paratoi yr araith?'

'Naddo, siŵr Dduw, mae popeth yn 'y mhen i,' atebodd Vaughan Henry gan gyffwrdd ei dalcen.

'*Stop here*!' gwaeddodd Vaughan wrth i'r car nesáu at Finsbury Square. Roedd torf o hanner cant a mwy wedi ymgasglu o gwmpas y *bandstand* yng nghanol y sgwâr. Brasgamodd Vaughan Henry ar draws y sgwâr a thalodd D.I. John am y tacsi cyn ei ddilyn yn hamddenol. Wrth ymlwybro drwy'r dorf teimlodd ym mhoced ei gôt am y pistol Browning, gan wneud hynny'n reddfol mewn sefyllfa ddiarth.

Cadwodd ei bellter, ond eto'n ddigon agos i glywed yr araith. Safai Vaughan Henry ar y *bandstand* yng nghanol y parc ac wrth ei ochr, ymddangosodd wyneb cyfarwydd Syr Oswald Moseley. 'Pâr o blydi nadroedd,' meddai D.I. John dan ei wynt. Clapiodd y dorf eu dwylo'n frwdfrydig i groesawu Vaughan Henry wrth iddo gamu ar y *bandstand* a dechrau eu cyfarch.

'Ladies and Gentlemen. A few months ago we saw the great German army walk into Prague.'

Dyrnodd yr awyr a chododd y dorf eu lleisiau'n werthfawrogol.

'They are also righting the wrongs within Germany itself. They are taking action against the Jew and putting him in his rightful place, whilst our own Government stands by and does nothing.'

Cododd Vaughan Henry ei lais yn uwch, *'I challenge any Jew to come here now and face me. I'd give them what for. The Jews are a menace to all Britishers.'*

Chwifiodd Vaughan Henry ei ddwrn yn fygythiol. Tydy hwn ddim yn codi ofn ar neb, meddyliodd D.I. John ar ôl gweld ei ddwrn tila. Yna, o gornel ei lygaid gwelodd hanner dwsin o ddynion tal a chydnerth mewn siwtiau yn croesi'r ffordd ac yn symud drwy'r dorf tuag at y tu blaen. Erbyn i Vaughan Henry weld y dynion mewn siwtiau yn agosáu, roedd hi'n rhy hwyr i ddianc. Amgylchynodd y dynion y *bandstand*.

'Come down you trouble making shit. You're under arrest,' gwaeddodd un ohonynt a dangos bathodyn yr heddlu.

'On what grounds,' gwaeddodd Vaughan yn heriol.

Mewn fflach, camodd y chwech ar y *bandstand* a rhoi Vaughan Henry mewn cyffion. Mewn llai na munud, er gwaethaf protestiadau'r dorf, roedd Vaughan Henry yng nghefn car yr heddlu ac ar ei ffordd i'r ddalfa.

Pennod 39

Safodd D.I. John o flaen yr adeilad tal o frics coch yn Old Street. Roedd ochr ddwyreiniol yr adeilad yn glamp o swyddfa'r heddlu ac ar yr ochr arall roedd Llys yr Ynadon. Aeth i gefn yr adeilad a gweld dau heddwas yn siarad a chael smoc wrth y drws.

'*Is the duty Sergeant in?*' holodd yn hyderus fel petai o ar fusnes swyddogol.

O brofiad, gwyddai fod tueddiad gan heddweision barchu dynion hyderus mewn siwtiau, gan gymryd eu bod ar fusnes yn y llys. Nodiodd un ohonynt at y drws agored tu ôl iddo. Roedd y Sarjant tu ôl i'r ddesg yn darllen papur newydd ac yn edrych bron mor ddigroeso a diflas â'r orsaf ei hun.

'*I'm here to see a man in custody called Vaughan Henry,*' meddai.

'*Your name for the visitors book?*' holodd y Sarjant heb godi ei ben o'i bapur.

'Dafydd Idris John.'

Chwarddodd y Sarjant a chodi ei ben i edrych ar yr ymwelydd am y tro cyntaf.

'*I can't spell that name. You'll have to write it in the visitors book yourself. I take it you're his lawyer?*'

'*No, I'm just a friend of his from North Wales.*'

Trodd wyneb y Sarjant yn flin. '*Friend? Well you can bugger off back to North Wales because he's not having visitors. We have revoked all privileges, he's been nothing but trouble all night. Moaning about this and that.*'

'Can I have a word with you in private Sergeant?' holodd D.I. John.

Ar ôl pendroni uwch y cais annisgwyl aeth i'w boced yn chwilfrydig a nôl goriad. Agorodd un o'r swyddfeydd cyfagos.

'This better be good,' meddai.

Yn yr ystafell, tynnodd D.I. John ei waled o'i boced ac estyn papur punt ohono. Cymrodd y Sarjant yr arian a'i bocedu mewn fflach.

'Follow me. You can have five minutes. No more.'

Cerddodd y Sarjant i lawr coridor hir o gelloedd. Roedd y lle'n drewi o damp a phiso. Cnociodd ar un o'r drysau a gweiddi *'Visitor!'* cyn dadfolltio'r drws. Goleuodd wyneb crwn a gwelw Vaughan Henry wrth weld ei ymwelydd.

'Diolch i chi am ddod. Sut roeddech chi'n gwybod lle i ddod?'

'Hwn ydy'r Police Station agosaf.'

Tynnodd frechdan cig moch o'i boced. 'Dwi wedi dod â hon i chi.'

"Da chi'n garedig iawn. Doeddwn i ddim yn disgwyl i chi estyn cymorth i mi.'

Cododd D.I. John ei ysgwyddau. Dwi'n falch o gael y cyfle i gynnig help llaw i gyd-Gymro.'

Ar ôl bwyta'r frechdan gofynnodd Vaughan Henry a oedd ganddo bapur a phensil. Torrodd D.I. John gefn ei flwch sigaréts a thynnu pensil o'i boced.

'Neith hwn?'

"Newch chi un ffafr fawr arall â mi, gyfaill? Wnewch chi gysylltu â rhywun i mi?' holodd Vaughan Henry ar ôl cymryd y cerdyn a'r bensil ganddo.

Ar y cerdyn ysgrifennodd *Margaret Glyn, Well House, Ewell.*

'Mae Margaret yn ffrind arbennig o dda. Eglurwch wrthi fod gen i achos llys fory am hanner dydd a 'mod i mewn tipyn o bicil.'

'Iawn. Ddylwn i fanylu ar yr union gyhuddiad yn eich erbyn?'

'Dwedwch wrthi 'mod i wedi cael bai ar gam. Dyna i gyd sydd angen i chi ei ddweud wrthi.'

Gwyddai fod Vaughan Henry ymhell o fod yn ddiniwed ac o'i ganfod yn euog roedd o'n wynebu carchar. Agorodd drws y gell a daeth y Sarjant i lenwi ffrâm y drws.

'What's that muck you're speaking?'

'Welsh,' atebodd Vaughan.

'Enough of your lip. As far as I know you could be talking German. Your time's up.'

Pennod 40

Pentref ychydig filltiroedd i'r de o Lundain yw Ewell. Teithiodd D.I. John ar y trên drwy gefn gwlad brydferth swydd Surrey a chyrraedd erbyn amser te. Pentref cysglyd, lle'r oedd cigydd, eglwys, un siop a Jolly Waggers – y dafarn. Yr unig beth i darfu ar lonyddwch y pentref oedd y cymylau o stêm a'r sŵn cloncian morthwyl a godai o'r gofaint yng nghanol y pentref.

Roedd *Well House*, cartref Margaret Glyn, yn dŷ bonheddig â phileri gwyn naill ochr i'r drws. Dyn clên yr olwg yn ei wythdegau, â'i wallt yn wyn, atebodd y drws. Eglurodd D.I. John fod ganddo neges i Margaret Glyn.

'Mae Margaret, fy chwaer, allan ar hyn o bryd, ond dewch i mewn i'r tŷ,' meddai. Cyflwynodd ei hun fel Sir Arthur Glyn, neu Sir Arthur Robert Glyn 7th Baronet of Ewell, i roi ei deitl yn llawn. Yn y parlwr, uwchben y lle tân safai llun o Margaret Glyn – menyw eiddil a myfyrgar yr olwg. Eglurodd D.I. John fod ganddo neges iddi gan Vaughan Henry. Diflannodd y wên oddi ar wyneb Sir Arthur ac ysgydwodd ei ben yn flin.

'Be mae'r dyn Henry 'na ishe eto?'

'Mae o angen help. Mae o yn y ddalfa a chanddo achos llys yfory yn Old Street. Fedrwch chi wneud yn siŵr bod Margaret yn gwybod, syr?'

Yn lle cytuno i'r cais aeth Syr Arthur i gornel yr ystafell lle cadwai botelaid o frandi. 'Ydach chi am ddiod bach cyn mynd 'nôl?'

Derbyniodd D.I. John yn raslon. Eisteddodd Syr Arthur mewn cadair esmwyth i yfed ei ddiod. Yna, syllodd tua'r nenfwd fel petai o'n paratoi i ddarllen ei eiriau o'r fan honno.

'Maddeuwch i mi am droi'n flin, ond dwi ddim yn hoff o Vaughan Henry. Mae o'n cymryd mantais ar fy chwaer ac mae hi'n credu bod yr haul yn tywynnu allan o'i ben ôl o,' ebychodd.

Nodiodd D.I. John a gwenu cyn ateb. 'Dim ond ddoe 'nes i ei gyfarfod o. Dwi ddim yn gwybod llawer amdano, syr.'

Pwysodd Syr Arthur ymlaen yn ei gadair a syllu i fyw llygaid ei ymwelydd. 'Pa Vaughan Henry 'da chi wedi ei gyfarfod? Hmmm? Y Dr Jeckyll parchus, neu'r Mr Hyde sy'n dod yma i gardota am arian gan hen wraig fel Margaret yn ddiddiwedd?'

Cododd D.I. John ei ysgwyddau gan esgus nad oedd o'n gwybod dim am hynny. Aeth Syr Arthur i'w ddesg yng nghornel yr ystafell. Cododd fwndel o filiau a fflicio drwyddynt â'i fawd.

'Edrychwch ar y biliau hyn mae Margaret wedi eu talu drosto eleni yn barod:

Molly Hiscox – Trip i'r Almaen;

Cuthbert and Sons Saville Row – siwt newydd;

y Parch Tomos James – hanner can punt am waith adeiladu yn ficerdy Penmynydd.

Mae o'n cymryd mantais llwyr ohoni.'

Ceisiodd D.I. John guddio ei syndod o glywed am y taliad i'r Parch Tomos James ar gyfer gwaith adeiladu. Roedd hanner can punt yn gost sylweddol a doedd o ddim yn cofio gweld olion unrhyw waith adeiladu yn y ficerdy.

'Ydach chi'n ddyn y medra i ei drystio?' holodd Syr Arthur.

Nodiodd D.I. John.

'Dewch efo mi.'

Dilynodd Syr Arthur o'r ystafell ac aethant i fyny'r grisiau at ystafell wely fach yng nghefn y tŷ.

'Dyma dwi'n ei alw'n ogof Vaughan Henry. Dyma lle bydd o'n aros, pan fydd o'n ymweld â Margaret.'

Trodd ddolen y drws. 'Ac fel 'dach chi'n gweld mae'r drws ar glo. Mae Margaret wedi rhoi'r unig allwedd i Vaughan Henry.' Tynnodd Syr Arthur rhywbeth o'i boced. 'Ond, does neb yn gwybod bod gen i un sbâr.'

Gwthiodd y goriad i'r clo a'i droi. Agorodd y drws gyda gwich. Wrth gamu i mewn i'r ystafell, cododd cwmwl o lwch a ddawnsiai o'u hamgylch yn y golau gwan. Ymwthiai haul olaf y dydd drwy'r llenni trwchus ac fel yr ymgyfarwyddai ei lygaid, sylwodd fod lluniau ar hyd waliau'r ystafell.

Canolbwynt yr ystafell, serch hynny, oedd baner fawr goch a du'r Almaen, gyda swastika yn ei chanol. Ar hyd un wal roedd llu o ffotograffau du a gwyn mewn fframiau aur. Closiodd D.I. John atynt. Lluniau o arweinwyr y Natsïaid – Joseph Goebbels, Rudolff Hess a Heinrich Himmler.

''Da chi'n gweld pwy mae'r dyn yma'n ei addoli? Edrychwch beth mae o'n ei gadw o dan ei wely.' Llusgodd Syr Arthur gês brown allan a'i roi ar y gwely. Agorodd y cês ac ynddo roedd lifrai un o swyddogion yr SS gan gynnwys yr het.

'Beth 'da chi'n feddwl o'r ystafell yma? Gwaith y diafol? 'Da chi'n cytuno?' holodd Syr Arthur.

Er ei fod yn cytuno'n llwyr, roedd rhaid iddo ochri efo Vaughan Henry.

'Syr, does 'na ddim cyfraith yn erbyn casglu pethau Almaenig. Cofiwch fod 'na lawer iawn i'w edmygu ganddynt. Wyddoch chi fod diweithdra wedi gostwng o dan arweiniad Adolf ...'

Gydag wyneb fel taran a chryndod yn ei lais gwaeddodd Syr Arthur ar dop ei lais.

'Ewch allan o'r tŷ yma. Allan! 'Da chi'n amlwg *in cahoots* efo Vaughan Henry. 'Da chi'n gwybod lle mae'r drws ...'

Pennod 41

Y noson honno eisteddai Margaret Glyn o flaen ei desg a'r sbectol fach gron ar bigyn ei thrwyn yn gwneud iddi edrych yn hollol flin. O'i blaen safai Arthur â'i wyneb yn goch, gan ei fod wedi colli ei dymer. Er bod Margaret yn ei saithdegau ac yn fach a thenau fel rhaca, doedd Arthur ddim wedi gweld y fath dymer arni hithau ers eu plentyndod.

Crafodd Arthur ei gorun mewn ymdrech i ddod o hyd i'r geiriau i geisio rhesymu gyda'i chwaer.

'Margaret, y cyfan dwi'n ddweud yw y dylai'r dyn dalu ei ffordd ei hun mewn bywyd. Yn lle disgwyl i bobl eraill dalu drosto drwy'r amser. Yn enwedig talu am ei bechodau mewn achos llys!'

Caledodd wyneb Margaret. Roedd y ddau yng ngyddfau ei gilydd ers i Arthur basio'r neges iddi fod Vaughan Henry mewn trafferth. Cyhoeddodd Margaret ei bod hi'n bwriadu mynd i Lundain i estyn cymorth iddo.

Roedd y ffrae wedi bod yn corddi rhyngddynt ers tro, ond dyma'r tro cyntaf iddynt ffraeo go iawn. Roedd ei chwaer wedi rhoi help ariannol i Vaughan Henry ers iddi ei gyfarfod ugain mlynedd yn ôl. Ar y pryd, roedd o'n ddyn ifanc, yn gyfansoddwr addawol, yn ceisio gwneud ei farc yng nghylchoedd cerdd Llundain. Duw a ŵyr faint roedd hi wedi buddsoddi yn ei yrfa gerddorol, heb sôn am dalu ei ddyledion. Pam nad oedd ganddo gywilydd? Wastad yn brin o arian ac yn dod ar ofyn Margaret, ei chwaer.

Wedi iddi roi arian iddo, byddai Vaughan yn dawel am fis neu ddau. Wedyn, yn sydyn, fel y mab afradlon, byddai o yn ei ôl eto efo'i gap yn ei law i fegian am fwy. Digon oedd digon. Roedd Arthur am sefyll yn gadarn heddiw a dweud wrthi, unwaith ac am byth, bod y dyn yma'n cymryd mantais arni.

'A pheth arall, Margaret. Mae pobol yn siarad! Pobol y pentref yma'n siarad tu ôl eich cefn chi.'

Gwyddai Arthur y byddai dweud hynny yn brifo ei theimladau yn fwy na dim byd arall, gan ei bod hi mor uchel ei pharch yn Ewell. Er bod Margaret bum mlynedd ar hugain yn hŷn na Vaughan Henry, roedd hi wedi ei swyno ganddo o'r dechrau.

Fasa hi byth yn cyfaddef hyd yn oed iddi hi ei hun, ond ym mêr ei hesgyrn roedd hi'n ei garu. Roedd hi'n ei garu, er nad oedd Vaughan wedi dangos llawer mwy na chyfeillgarwch tuag ati hi, dim ond ambell gyffyrddiad braich weithiau, neu wên fach o dro i dro.

'Does dim ots gen i beth ma nhw'n ddweud amdana i. Os dwi am roi arian i ffrind, yna fy musnes i yw hynny.'

'Mae rhai wedi awgrymu bod Vaughan Henry yn cynnal y berthynas er mwyn cael pres gynnoch chi a chymryd mantais ar eich haelioni. Mae hynny'n amlwg.'

Cododd Margaret a tharanu,

'Cenfigen. Dyna sy tu ôl i hyn. Mae'n well i bobol Ewell fod yn ofalus, neu chân nhw ddim ceiniog ar fy ôl i. Tydi o ddim yn rhy hwyr i mi newid fy ewyllys a gadael pob dim i Vaughan.'

Tawodd Arthur yn syth. Roedd bygythiad ei chwaer yn un go iawn a doedd o ddim eisiau i Vaughan Henry gael ei fachau ar gyfoeth y teulu.

Pennod 42

Drannoeth, cerddodd D.I. John trwy'r dorf y tu allan i lys Ynadon Old Street. Cadwyd y dorf dan reolaeth gan heddweision, yn cynnwys rhai ar gefn ceffylau. Cynrychiolai'r dorf groestoriad o sefydliadau adain dde Prydain a chafodd gipolwg ar rai o'u posteri, un yn dweud *Rule Britannia* ac un arall yn datgan *Freedom of Speech*.

Roedd y llys ei hun dan ei sang a'r galeri bach cyhoeddus yn llawn o gefnogwyr swnllyd Vaughan Henry. Roedd un dyn wedi hongian baner Jac yr Undeb ar y wal tu ôl iddo. Yn eu mysg roedd Molly Hiscox a Jock o'r Russian Tea Rooms, ond ni fedrai D.I. John weld Margaret Glyn o Ewell yn eu plith. Gwasgodd o i mewn i'r unig sedd wag.

O'i brofiad o fynychu llysoedd ynadon y Gogledd, doedd pethau ddim yn argoeli'n dda i Vaughan Henry a'i ddilynwyr. Os rhywbeth, roedd y dorf swnllyd yn fwy tebygol o gythruddo'r fainc na bod o gymorth i'w achos. Agorodd y drws a daeth y tri ustus heddwch i mewn. Gorchmynnodd clerc y llys i bawb godi ac am ychydig tawelodd y dorf wrth iddynt wylio'r tri yn cerdded draw at y fainc, yna dechreuodd un o gefnogwyr Vaughan Henry ganu '*Land of Hope and Glory*' ar dop ei lais.

Gwaeddodd un o'r heddweision arno a bygwth ei daflu allan; tawodd y dyn. Cipiodd yr ustusiaid olwg flin i gyfeiriad y galeri. Yna, cyhoeddodd clerc y llys yr achos cyntaf ac ymddangosodd Vaughan Henry yn edrych yn welw ar ôl noson dan glo. Er gwaethaf ei olwg truenus, doedd dim dianc rhag y cyhuddiad yn ei erbyn. *Disturbing the peace* ac er iddo bledio'n ddieuog, ym marn D.I. John roedd Vaughan

Henry yn bendant yn hollol euog gan fod ei weithredoedd yn ffitio'r drosedd fel maneg.

'Dwi'n dymuno galw fy nhyst cyntaf,' meddai'r cyfreithiwr dros yr erlyniad. Daeth un o'r heddweision a arestiodd Vaughan Henry ymlaen.

'Beth glywsoch chi'r dyn yma'n ei ddweud?'

Daliai'r heddwas ei nodiadau o'i flaen wrth ddarllen bygythiadau hiliol ac ieithwedd ymosodol Vaughan Henry tuag at Iddewon Llundain.

'Diolch,' meddai'r cyfreithiwr yn hamddenol ar ôl i'r heddwas orffen ei ddatganiad,

Cododd ei wrthwynebydd. Yn wahanol i gyfreithiwr hyderus a phrofiadol yr erlyniad, ymddangosai cyfreithiwr Vaughan Henry yn ddihyder a swil. Oherwydd sefyllfa ariannol fregus Vaughan Henry, dim ond llanc o gyfreithiwr dibrofiad oedd ar gael iddo.

Meddai. 'Does dim sail i'r achos. Mae gan bawb yr hawl i'w barn. A dyna oedd Vaughan Henry yn ei wneud ddoe, mynegi ei farn. Does 'na ddim cyfraith yn erbyn hynny!'

Daeth bloedd fawr o gyfeiriad cefnogwyr Vaughan Henry; roeddent dan y camargraff fod gan yr amddiffyniad obaith i ennill buddugoliaeth. Dim ond am bum munud arall y parhaodd yr achos. Roedd y tri ustus yn unfrydol. Euog!

Gorchmynnodd y clerc i Vaughan Henry godi a wynebu'r gosb.

"Da chi'n gyfrifol am ledu ffieidd-dra. 'Da chi'n euog o dorri'r gyfraith drwy eich geiriau hiliol a'ch bygythiadau yn erbyn pobl ddiniwed. Rwy'n eich dedfrydu chi i chwe mis o garchar, neu, ddirwy o ddau gant a hanner o bunnoedd. Pa un 'da chi am ei ddewis? Carchar neu ddirwy?'

Syrthiodd Vaughan Henry yn ôl i'w gadair ac ymddangosai fel petai'n crio'n dawel. Os nad oedd Margaret Glyn wedi dod yno gyda'i llyfr siec i achub ei groen, roedd o'n wynebu misoedd dan glo.

Yna, o gornel ei lygaid, gwelodd D.I. John rywun yn codi. Doedd o ddim wedi sylwi ar Margaret Glyn yn eistedd yn dawel yn y galeri. Roedd hi'n edrych dipyn yn hŷn na'r llun a welsai D.I. John ohoni ym mharlwr Ewell. Pasiodd Margaret ddarn o bapur i gyfreithiwr Vaughan Henry. Trosglwyddodd yntau 'r neges yn syth i'r fainc.

'Syr, mae gen i siec yma am y cyfanswm.'

Roedd y rhyddhad ar wyneb Vaughan Henry yn amlwg. Un funud, roedd bron yn ei ddagrau a'r nesaf yn dathlu gyda gwên fawr yn lledu dros ei wyneb yn fuddugoliaethus. Yna, gwelodd D.I. John wyneb cyfarwydd yn y galeri; collodd ei galon guriad pan welodd y Parch Tomos James o Benmynydd yn llongyfarch Vaughan Henry. Cododd D.I. John goler ei gôt i guddio'i wyneb wrth sleifio allan o'r llys.

Pennod 43

Daliodd D.I. John dacsi i'r gwesty. Paciodd ei fag, talodd am ei ystafell ac aeth i orsaf Euston ar ras. Ysgrifennodd nodyn byr i Max yn MI5 a'i roi yn y blwch yn unol â'r cyfarwyddiadau. Oherwydd bod y Parch Tomos James wedi ymddangos fel ffrind i Vaughan Henry yn y llys, roedd hi'n amhosib iddo yntau barhau ei berthynas ag o, a hefyd â MI5, felly doedd dim amdani ond dychwelyd i Gymru.

Ar y llaw arall, roedd presenoldeb y ficer yn Llundain yn creu cyfle annisgwyl. Roedd o wedi gadael y ficerdy yn wag – cyfle perffaith i ateb cwestiwn a fu'n troelli ym mhen D I John ers ei ymweliad ag Ewell. Doedd o ddim yn cofio gweld olion unrhyw adeiladu yn y ficerdy ac eto roedd Margaret Glyn wedi talu hanner can punt i adeiladwr am ei waith yno.

Cyrhaeddodd ben ei daith gyda'r hwyr. Roedd ei gar yn y maes parcio ac o fewn munudau roedd o ar ei ffordd ar draws yr ynys i bentref Penmynydd. Parciodd wrth yr Eglwys a cherdded drwy'r goedwig. Rhoddai golau gwan y lleuad wawl gynnes i'r muriau llwyd a'r unig beth i darfu ar y llonyddwch oedd sŵn yr awel yn ysgwyd canghennau'r coed. Sleifiodd i gefn y tŷ. Yn y cornel pellaf, wrth y drws cefn, sylwodd fod un o'r ffenestri heb ei bolltio. Gwisgodd ei fenig lledr, rhag gadael olion ei fysedd a gwthio blaenau ei fysedd i waelod y ffrâm gan lwyddo i godi'r ffenest. Dringodd i mewn a fflachiodd ei dortsh. Hon oedd yr ystafell olchi ac yng nghornel yr ystafell safai hen beiriant golchi dillad mawr a thrwm.

Agorodd y drws ac edrych i lawr y coridor hir a arweiniai at gorff y tŷ. Hanner ffordd ar hyd y coridor, gwelodd ddrws y seler. Agorodd y drws a fflachiodd ei dortsh i lawr y grisiau cul. Roedd y seler yn wag, yn union fel ag yr oedd hi ar ei ymweliad cyntaf a doedd yno ddim arwydd o waith adeiladu.

Ar ôl gadael y seler, aeth D.I. John i'r lolfa fawr yng nghanol y tŷ. Roedd y ficerdy'n oer a thawel, a'r waliau fel petaent yn amsugno'r tawelwch. Aeth i mewn i'r lolfa wag. Dyma'r ystafell a alwodd y ficer yn hen ystafell biliards. Yn ôl y ficer, roedd yr ystafell yn wag oherwydd ei fod wedi gwerthu'r bwrdd biliards a heb gyboli â'i hail ddodrefnu. Roedd ar fin gadael yr ystafell pan ddaliodd rhywbeth ei sylw. Yng nghornel yr ystafell roedd olion bod y carped yn rhydd ac wedi ei godi. Gafaelodd ym mhigyn y carped a'i godi yn annisgwyl o hawdd. Dechreuodd rowlio'r carped am yn ôl.

Wrth wneud, sylwodd ar flawd lli rhwng planciau'r llawr – arwydd bod rhywun wedi llifio'r coed yn weddol ddiweddar. Ar ôl rowlio ychydig mwy ar y carped, gwelodd fod rhywun wedi adeiladu drws dirgel yn y llawr. Fe'i hagorodd a gweld bod ysgol yn arwain i lawr i'r tywyllwch. Roedd yr heddlu wedi cael eu twyllo. Drwy adeiladu wal yn y seler roedd yr adeiladwr wedi ei rhannu'n ddwy; a'r drws dirgel yma, yn llawr y lolfa, oedd y fynedfa i ran ddirgel y seler. Roedd hyn yn egluro'r hanner can punt a dalodd Margaret Glyn!

Aeth ias oer i lawr ei asgwrn cefn wrth iddo fynd i lawr yr ysgol. Ofnai ei fod ar fin darganfod corff Sian, ond yn lle hynny arogl olew a saim a ddaeth i'w ffroenau. Daeth o hyd i swits y golau. Daeth golau gwan i oleuo'r seler a gwelodd fod y lle yn llawn trugareddau milwrol Almaenig, gan gynnwys lifrau yr SS a baneri lliwgar â'r swastica yn amlwg arnynt. Yng nghanol yr ystafell safai peiriant argraffu *Koenig and Bauer*. Ar un ochr i'r ystafell roedd cyflenwad o basborts gwag a gyferbyn roedd cyflenwad enfawr o daflenni propaganda Natsiaidd wedi eu stacio'n daclus ar hyd ochr un wal.

Dringodd D.I. John allan o'r seler, caeodd y drws dirgel a rhoi'r carped yn ei ôl. Cododd y ffôn yn neuadd fawr y ficerdy a deialu'r rhif roedd Max wedi ei roi iddo. Er gwaethaf yr awr hwyr, atebodd Max yn syth. Disgrifiodd D.I. John yr ystafell ddirgel o dan y llawr yn fanwl a gwrandawodd Max yn dawel cyn siarad yn bwyllog ac yn araf.

'Ti wedi gwneud gwaith arbennig. Gad hyn i ni rŵan. Mi fyddwn yn monitro'r sefyllfa a'r holl fynd a dod o'r ficerdy. Mae gynnon ni bysgod tipyn mwy na'r ficer i'w dal.'

Ar ôl rhoi'r ffon i lawr, teimlai'n wag yn sydyn. Er ei fod wedi datrys dirgelwch ficerdy Penmynydd, daeth ton o anfodlonrwydd drosto, gan nad oedd o ddim agosach at ddarganfod pwy oedd llofrudd Elin Williams, na beth oedd wedi digwydd i Sian, y forwyn.

Yn wahanol i heddweision fel D.I. Parry, teimlai gyfrifoldeb y dylai barhau i ymchwilio ac yn wir i chwilio am Sian; roedd hi'n blentyn amddifad a doedd ganddi fawr neb i falio amdani o'i cholli. Gwyddai fod gormod o blant anffodus fel Sian yn diflannu o'n strydoedd bob dydd. Penderfynodd gerdded ar hyd y lôn gul a droellai o'r Ficerdy i lawr at y lôn fawr. Aeth i nôl y fflach lamp o'r car a dechrau cerdded. Os oedd y ficer yn dweud y gwir, yna i lawr y lôn hon yr aeth Sian y noson honno.

Ar ôl tua chwarter milltir o gerdded gwelodd esgid wrth fôn y clawdd. Neidiodd ei galon guriad pan ddarllenodd y geiriau *St Annes* ar wadn yr esgid. Esgid Sian yn ddi-ddadl, meddyliodd – ond doedd hynny'n profi dim. A gollodd hi'r esgid wrth i rywun ymosod arni, neu oedd hi wedi baglu a cholli'r esgid yn y tywyllwch? Ei ofid mwyaf oedd bod llofrudd Elin Williams wedi taro unwaith eto – wedi'r cyfan, onid cipio merched ar eu pen eu hun ar lonydd unig cefn gwlad oedd ei *modus operandi?*

Pennod 44

Roedd bywyd Sian yn hofran fel deilen fregus yn y gwynt. Doedd hi erioed wedi gweddïo cynt, ond yn y tywyllwch, y tu ôl i'w mwgwd, gweddïodd yn daer. Gweddïodd am ryddid ac am y gallu i ddeall ei charcharor, pwy bynnag ydoedd. Os oedd 'na Dduw, wel dyma ei gyfle iddo ddangos iddi hi ei fod yn bodoli.

Clywodd sŵn goriad yn troi yn y clo. Y tro hwn roedd y sŵn ychydig yn wahanol. Teimlodd gwpan yn cyffwrdd â'i gwefusau. Roedd o'n rhoi diod o ddŵr iddi. Yfodd y dŵr. Eto, wnaeth o ddim yngan gair. Wedi rhoi'r ddiod iddi ciliodd y dyn a chloi'r drws ar ei ôl. Anadlodd Sian ochenaid o ryddhad. Roedd o wedi dangos mymryn o gydymdeimlad o leiaf. Teimlai'r nerth yn dechrau dychwelyd i'w chorff. Oedd, roedd hi am ddianc o grafangau'r dyn hwn, dim ond cil y drws o gyfle y byddai arni ei angen.

Ymhen rhai munudau dychwelodd ei charcharor yn ei ôl. Y tro hwn, roedd o'n llusgo rhywbeth trwm. Dros y munudau nesaf cariodd y dyn nifer o bethau i mewn a'u gosod ar y llawr gerllaw. Yn ôl sŵn y morthwyl a'r llifio daeth hi'n amlwg ei fod yn adeiladu rhywbeth. Wedi iddo orffen y gwaith adeiladu clywodd Sian sŵn cadwyni yn cael eu llusgo tuag ati. Ar ôl rhoi'r cadwyni am ei phigyrnau torrodd y rhaffau ciaidd oedd am ei dwylo a'i thraed. Clywodd ddrws yn agor. Wedi iddo ei rhoi yn ei charchar newydd bolltiodd y dyn y drws yn dynn.

RHAN 3

Pennod 45

Awst 13

Yn Rhosneigr, ar ôl pwyso ei feic yn erbyn y wal, aeth PC Roberts at ddrws y dafarn a gwrando. Er bod popeth dan glo a'r llenni wedi eu cau, clustfeiniodd yr heddwas ifanc am funud. Roedd o wedi derbyn cwyn gan un o drigolion pentref Rhosneigr bod rhai dynion yn yfed ar y Sul. Yn ôl y wraig a gwynodd, roedd hi wedi gweld y dynion yn sleifio i mewn i'r dafarn leol.

Yn y dafarn syllai D.I. John ar bennawd y papur dyddiol – *German troops are mobilising*. Teimlai don o euogrwydd yn dod drosto – roedd o'n un o'r dynion lwcus hynny a oedd wedi ei eni yn rhy hwyr ac felly yn rhy ifanc i fynd i'r Rhyfel Mawr ac yn rhy hen i wasanaethu yn y nesaf, petai rhyfel yn torri.

Gwagiodd ei beint, ond cyn iddo gael cyfle i ofyn am un arall, gofynnodd y perchennog am dawelwch. Roedd y criw bach dethol yn gwybod y drefn, bob tro y deuai'r glas at y drws. Fel criw mewn llong danfor, tawai'r criw nes cael yr *all clear* gan y perchennog i barhau â'r sgwrsio. Ar ôl peint arall cododd D.I. John, estyn ei gôt a'i throi am adref. Tra bu yn Llundain, doedd yr un o'i gydweithwyr wedi codi bys i chwilio o ddifri am Sian. D.I. John oedd yr unig un oedd yn malio amdani a'r unig un a gredai fod 'na bosibilrwydd mai llofrudd Elin Williams oedd wedi ei chipio hithau hefyd.

Wrth nesáu at ei gartref tynnodd ei allweddi o'i boced yn barod i agor y drws ac yna rhewodd. Roedd o wedi cael ymwelydd ac roedd gweddillion ei sigarét yn mudlosgi o flaen y drws. Clywodd sŵn traed y tu ôl iddo ac yna llais unigryw Max o MI5.

'Siawns am baned? Dwi wedi gyrru'n reit bell!'

* * *

Cliriodd y llanast fel y medrai Max eistedd a gwnaeth baned iddo. Roedd golwg flinedig arno a doedd hynny'n fawr o syndod, o gofio bod cymaint o sôn am ryfel bellach ac felly bod y pwysau arno'n cynyddu.

'Beth ydy'r diweddaraf efo'r ficer a'i gyfrinach fawr yn y seler?' holodd D.I. John ar ôl dychwelyd efo'r baned.

'Popeth dan reolaeth ac mi geith ei arestio pan fydd hynny'n fanteisiol i ni, ond tan hynny 'da ni am fonitro ei symudiadau ac adeiladu darlun clir o'i weithgareddau a'i gysylltiadau. Mater bach fydd plannu un o ferched MI5 fel morwyn yn y ficerdy. Mi fyddwn yn gwybod popeth amdano cyn bo hir – o liw ei drôns i'r hyn a gaiff i frecwast bob bore.'

'Ond dwi'n cymryd bod yna fwy i'ch ymweliad chi heddiw na thrafod lliw trôns ficer Penmynydd?'

Nodiodd Max.

''Da ni'n meddwl bod Vaughan Henry a'i grŵp yn cynllwynio rhywbeth go fawr. Mae nifer o gymeriadau adain dde amlwg wedi bod yn ymwelwyr cyson â'i dŷ yn ddiweddar.'

Eglurodd Max fod y rhain yn cynnwys aelodau o'r Right Club, y British People's Party a'r Imperial Fascist League.

'Mae ein hymdrechion i blannu ysbïwr yn eu mysg wedi methu, felly dwi yma i ofyn a wnewch chi ein helpu ni unwaith eto? 'Da chi wedi gosod y seiliau yn barod, y gobaith yw y gwneith o ymddiried ynoch chi am yr eildro a rhannu ei gyfrinachau.'

'Ond mae o bownd o amau rhywbeth. Fedra i ddim jyst ymddangos ar stepen ei ddrws. Mi weithiodd y tro cynta, achos bod Molly Hiscox wedi awgrymu ein bod yn trafod trip i'r Almaen, ond beth fydd yr esgus tro yma?'

'Does dim angen esgus. Mi fedrwch chi ymuno â'r trip i'r Almaen. Dyna'r ffordd hawddaf i chi ail gysylltu efo fo. Mae trip Molly Hiscox yn gadael mewn deuddydd ac mi fydd Vaughan Henry ar y bws. Cofiwch eich bod chi wedi rhoi eich enw i fynd ar y daith a'ch bod wedi talu blaendal yn barod! Gallaf hefyd gadarnhau na fydd y ficer ar y trip, felly does dim rheswm pam na allwch chi fynd.'

Crychodd D.I. John ei dalcen mewn penbleth.

'Ond sut ar wyneb daear y gall trip i'r Almaen ddigwydd gyda'r bygythiad o ryfel ar fin torri unrhyw funud?'

Chwarddodd Max yn hyderus fel petai o'n gwybod yn well.

'Tydi'r Almaen ddim eisiau rhyfel yn erbyn Prydain – mae Hitler wedi anfon cennad i Lundain i gynnal trafodaethau brys i wneud yn siŵr o hynny. Na, bydd trip Molly Hiscox yn cael ei wireddu, does dim amheuaeth am hynny.'

'A phetawn i'n cytuno, beth am basbort? Cofiwch 'mod i eisoes wedi defnyddio'r enw ffug Dafydd Idris John felly neith fy mhasbort arferol i mo'r tro.'

Gwenodd Max.

'Fyddwn ni fawr o dro yn creu pasbort a hunaniaeth newydd i chi.'

Pennod 46
Awst 15 1939

Ar ddyddiad y trip, cyrhaeddodd D.I. John y Russian Tea Rooms yn brydlon am wyth y bore. Ar ôl rhoi ei gês i'r gyrrwr, tynnodd anadl ddofn ac i mewn â fo i'r bws. Doedd ganddo ddim syniad beth i'w ddisgwyl na pha fath o groeso a gâi. Ar ôl cytuno â chais Max i ymuno â'r trip, rhoddwyd dogfen gyfrinachol iddo yn llawn nodiadau ymchwilwyr MI5 am rai o'r cymeriadau a fyddai, yn ôl pob tebyg, ar y daith.

Eisteddai Molly Hiscox ym mhen blaen y bws yn edrych yn swyddogol gyda chlipfwrdd yn ei llaw a sbectol ddarllen am ei thrwyn.

'Ymddiheuriadau am beidio â chysylltu yn gynt. Dwi'n gobeithio bod 'na le yn dal i mi ar y trip?' holodd D.I. John.

Syllodd Molly arno fel petai hi newydd weld ysbryd. Er iddo dalu blaendal, doedd hi ddim wedi clywed gair ganddo ers y noson honno, felly doedd hi ddim wedi ei gynnwys fel un o'r teithwyr. Tynnodd D.I. John wad o arian o'i boced yn barod i dalu gweddill y swm oedd yn ddyledus.

Edrychodd Molly ar y rhestr o'i blaen ac yna gwenodd.

''Da chi'n lwcus, mae un person wedi fy hysbysu na all ddod ar y daith.'

Ar ôl talu, cerddodd D.I. John i gefn y bws. Wnaeth neb gymryd fawr o sylw ohono, dim ond ambell un yn nodio ac un cwpwl yn syllu arno ac yna'n sibrwd wrth ei gilydd wedyn. Yna, yng nghornel bellaf y bws, gwelodd Vaughan Henry yn eistedd ar ei ben ei hun ac yn darllen papur newydd.

'Bore da. Sut 'da chi y bore 'ma? 'Da ni wedi cyfarfod, 'da chi'n cofio?'

Cododd Vaughan Henry ei ben o'r papur a syllu arnon hollol ddi-glem am ychydig. Yna, cofiodd pwy ydoedd a chynnig ei law gan wenu.

'Ymddiheuriadau. Mi roedd fy meddwl i ymhell. Mae arna i angen diolch o galon i chi am eich cymorth i fynd â'r neges holl bwysig yna i Ewell.'

'Peidiwch â sôn. Mi oedd o'n bleser. Wastad yn hapus i helpu Cymro fel chi.'

'Diolch,' atebodd Vaughan Henry a thynnu potel o frandi o'i boced. 'Gymerwch chi gegaid o hwn? Dwi'n ffeindio ei fod o jest y peth i setlo'r stumog cyn taith hir ar fws.'

Cymrodd D.I. John ddiod o'r botel cyn ei phasio hi 'nôl iddo. Yn y cyfamser, daeth teithwyr eraill i lenwi'r seddi a chychwynnodd y bws ar ei thaith. Eisteddai dyn, a oedd yn holl wybodus am bob dim Almeinig o'r enw Martin nesaf ato. Rhwng Llundain a'r arfordir dysgodd D.I. John bopeth amdano, o'i fagwraeth i'w fusnes adeiladu llewyrchus yn Llundain. Roedd o'n edmygu'r Almaen newydd i'r entrychion ac yn mynnu y dylai pob ymwelydd newydd â'r Almaen ddysgu sut i wneud y saliwt Heil Hitler yn gywir.

'Mae o'n lot o hwyl. Mae pawb wrthi, hyd yn oed y plant bach yn y pentrefi wrth i ni basio yn y bws, mi gewch chi weld. Mae o'n digwydd mor aml, fel bydd eich braich chi'n stiff fel procer erbyn diwedd y daith.'

Chwarddodd gweddill y teithwyr; pawb heblaw am y ddwy fenyw reit ddifrifol yr olwg yn eu tridegau. Roedd wedi darllen am y ddwy chwaer yn nodiadau MI5. Roedd Louise ac Ida Cook yn ymddangos yn ddigon diniwed, ond y tu ôl i'r wynebau parchus celai cyfrinachau lu. Y gyntaf ohonynt oedd Ida, a lwyddodd fel awdures nofelau gan ddefnyddio'r ffugenw, Mary Burchell.

Y gyfrinach arall oedd eu bod yn defnyddio trip Molly Hiscox fel rhan o gynllun i smyglo gemwaith gwerthfawr allan o'r Almaen ar ran teuluoedd Iddewig. Roedd y ddwy yn teithio allan i'r Almaen ar y bws, gan ymddangos fel merched cyffredin, ond yna byddent yn prynu tocynnau dosbarth cyntaf, er mwyn hedfan yn ôl i Brydain. Ar y daith yn ôl byddent yn newid eu delwedd yn llwyr, gan wisgo gemwaith drud a chotiau ffwr gwerthfawr. Roedd y ddwy wedi smyglo gwerth ffortiwn allan o'r wlad ar ran teuluoedd Iddewig, a hynny o dan drwynau'r awdurdodau Almeinig. Hyd yma, doedd neb, heblaw MI5, wedi sylwi ar y sgam.

Pennod 47

Deuddydd ar ôl croesi'r sianel cyrhaeddodd y bws Westy'r Adlon ym Merlin yn hwyr yn y prynhawn. Cadwodd Vaughan Henry yn eithaf tawel yr holl ffordd yno a methiant llwyr fu pob ymgais gan D.I. John i gymdeithasu gydag o.

Wedi i'r bws gyrraedd pen y daith, dechreuodd y teithwyr blinedig gasglu eu bagiau cyn ymlwybro am ddrysau'r gwesty. Yn lle mynd i mewn fel pawb arall sleifiodd Louise ac Ida Cook, y ddwy chwaer, i gyfeiriad arall. Roeddent wedi trefnu cyfarfod â chynrychiolydd un o deuluoedd Iddewig Berlin. Roedd y ddwy wedi ymweld â'r Almaen droeon, ond teimlai'r lle yn wahanol y tro hwn. Roedd tensiwn ar y stryd a thyndra ar wynebau trigolion Berlin.

Stopiodd eu tacsi y tu allan i dŷ a daeth gwraig hardd, ganol oed a chanddi wallt gwyn i'w cyfarch. Aethant i mewn i'w chartref. Roedd yn rhaid iddynt sibrwd rhag i'r cymdogion, neu un o swyddogion cudd y Natsïaid eu clywed.

Tynnodd y fenyw emwaith drudfawr a dwy gôt ffwr o gwpwrdd. Aeth y ddwy chwaer ati i ddileu'r labeli oddi ar y cotiau ffasiynol. Roedd yn rhaid gosod labeli siopau Llundain yn lle'r rhai Almeinig. Petaent yn cael eu stopio ar y ffin, byddai angen i'r awdurdodau gredu mai eiddo'r ddwy Saesnes oedd y cotiau.

Aeth y chwiorydd ati i wisgo'r gemwaith – clustdlysau a mwclis o berlau gwyn, sawl modrwy diemwnt a thlysau gwerthfawr. Wedi iddynt wisgo popeth, anadlodd yr Almaenes anadl ddofn o ryddhad. O dan y drefn newydd, doedd dim hawl gan Iddewon fel hi fod yn berchen ar y fath gyfoeth. O leiaf, wrth smyglo cyfoeth y teulu allan o'r Almaen fel hyn, roedd gobaith. Gobaith y byddai modd defnyddio'r cyfoeth i ddechrau bywyd newydd yn Llundain, rhyw ddydd. Ar ôl ffarwelio a newid eu gwisgoedd drudfawr, daliodd y chwiorydd dacsi yn ôl i westy'r Adlon.

* * *

Roedd D.I. John yn hapus iawn efo'i ystafell yn y gwesty, yn enwedig yr olygfa ar draws y sgwâr at Giatiau Brandeburg gyferbyn. Penderfynodd orffwys am awr neu ddwy cyn mynd allan i grwydro. Caeodd y llenni a gorwedd ar ei wely ac o fewn munudau wedi iddo gau ei lygaid roedd o'n cysgu'n drwm a dechreuodd freuddwydio. Yn y freuddwyd clywodd sŵn drymiau yn atseinio'n uwch ac yn uwch. Mor uchel nes ei ddeffro o'i drwmgwsg. Agorodd ei lygaid. Roedd hi wedi nosi. Cododd ar ei eisted a sylweddoli bod y sŵn drymio yn dod o'r stryd y tu allan i'r gwesty.

Agorodd y llenni a gweld yr olygfa rhyfeddaf. Ar y sgwâr, o flaen Cofeb Brandeburg, roedd torf enfawr wedi ymgasglu. Roedd rhai yn curo drymiau, eraill yn cario ffaglau tân a rhai'n chwifio baneri mawr coch gyda swastica du arnynt. Gyrrodd y *son et lumière* grotesg o'i flaen ias oer i lawr ei gefn a phan floeddiodd y dorf 'Heil Hitler!' yn unsain, teimlai D.I. John lawr yr ystafell yn ysgwyd o dan ei draed. Doedd ganddo ddim amheuaeth bellach, roedd yn sicr bod rhyfel yn anochel.

Caeodd y llenni ac agor ei gês gan estyn siwt, ynghyd â sawl tei a'u gosod ar y gwely. Dewisodd dei ac arni batrwm paisley ac wedi ei gwisgo, gosododd hances sidan ym mhoced flaen ei siaced. Yn olaf, plannodd fathodyn swastica ar labed ei siwt, cyn sythu ei dei yn y drych. Roedd o'n anelu am yr Horcher yn stryd Lutherstraße 21. Yn ôl nodiadau MI5 roedd Vaughan Henry wedi clochdar wrth ei ffrindiau am y bwyty ffasiynol hwn yng ngorllewin y ddinas.

Yn yr Horcher y noson honno sylwodd fod Otto Horcher, y perchennog, yn cerdded o amgylch un o'r byrddau yn gwneud newidiadau bach, er bod y bwrdd wedi ei osod eisoes yn berffaith. Symudodd fymryn ar yr addurniadau ac ambell gyllell ac yn olaf sythodd y cerdyn gyda'r geiriau *Reservient für Hermann Göring* arni. Dyma hoff fwyty Herman Göring, Pennaeth y Luftwaffe. Roedd yr Horcher yn lle unigryw mewn nifer o gyfeiriadau. Yn gyntaf, deuai'r cigoedd o'r Fforest Ddu yn Ne Orllewin yr Almaen ac yn ail, diolch i Göring, roedd staff y bwyty wedi eu hesgusodi rhag consgripsiwn i'r fyddin. Pan ddaeth y Göring ifanc i Berlin i hyfforddi fel peilot cyn y Rhyfel Mawr, byddai'n o'n pasio'r bwyty hwn bob dydd ar ei ffordd i'r coleg milwrol. O'r cychwyn cyntaf, roedd o'n dyheu am gael bod yn rhan o fywyd aristocrataidd yr Horcher. Heddiw, ar ôl codi i rengoedd uchaf y Natsïaid, daeth o'n hen gyfarwydd â chiniawa yno.

Dim ond ar ôl sleifio cildwrn go fawr i law'r gweinydd y llwyddodd D.I. John sicrhau bwrdd yn yr Horcher.

'Mor agos â phosib at Hermann Göring – dwi'n ei edmygu'n fawr,' dwedodd wrth sleifio'r arian iddo. Diolchodd i'r MI5 am gyfrannu mor hael tuag at ei gostau, yn ogystal â thalu wrth gwrs am y trip, fel y gallai fforddio bwyta mewn lle mor foethus. Archebodd botelaid o win ac eisteddodd mewn distawrwydd i wylio'r mynd a dod. Ar ôl ychydig funudau agorodd drws y bwyty a thawelodd y sgyrsiau ar y byrddau. Ysgubodd Hermann Göring i mewn yn ei siaced wen yn llawn medalau ac yn ei ddilyn fel ci defaid ufudd, cerddai Vaughan Henry. Roedd D.I. John wedi dyfalu'n gywir. Adar o'r unlliw ehedant i'r unlle!

Roedd Vaughan Henry wedi ymgolli cymaint yn ei sgwrs gyda Göring, fel na sylwodd ar D.I. John yn eistedd o fewn clyw iddynt a dweud y gwir dim ond planhigyn ecsotig a safai rhwng y byrddau. Roedd Otto Horsher yno fel fflach yn tendio ar y ddau ac i arllwys aperitif iddynt. Ar ôl saliwt i Hitler, llowciodd y ddau eu diodydd. Ar ôl bwyta'r prif gwrs aeth Vaughan Henry i'w boced a nôl darn o bapur a'i osod o flaen Göring. Gwisgodd yntau ei sbectol ddarllen i'w astudio. Eglurodd Vaughan Henry bod deunaw o gylchoedd ar y papur ac mai dyma fyddai strwythur ei wrthryfel. Cynrychiolai pob cylch gell o ddeg o filwyr. Ymhelaethodd ar ei gynllun; cyfeiriodd at ei allu i greu a dosbarthu propaganda drwy ddefnyddio'r peiriant argraffu yn seler ficerdy ei ffrind ar Ynys Môn.

'Dwi eisoes wedi recriwtio pedwar cant ar gyfer y celloedd hyn. Nhw fydd yn arwain ein *coup d'état* arfog. Yr eiliad y bydd bŵts milwyr yr Almaen yn glanio ar ein traethau bydd pob cell yn codi eu harfau a tharo, gan achosi anrhefn llwyr yn y brifddinas!'

Ychwanegodd Vaughan Henry fod Samuel Darwin Fox o'r *Nordic League* wedi cytuno arwain y chwyldro.

'A beth yn union yda chi eisia gen i?' holodd Göring ar ôl tynnu ei sbectol ddarllen a rhoi'r papur ar y bwrdd.

Gostyngodd Vaughan Henry ei lais a sibrwd, 'Buddsoddiad! Cyfraniad at yr achos. Dwi wedi rhoi manylion banc ar waelod y papur. Dwi eisiau arfogi pob gwrthryfelwr efo reiffl Lee Enfield.'

Plygodd Göring y papur a'i roi ym mhoced ei siaced. 'Dwi ddim yn addo, ond mi godaf y mater efo'r Führer. Faint o arian 'da chi ei angen i gyflawni'r cynllun?'

Cyn i Vaughan Henry gael cyfle i ateb daeth y gweinydd atynt gyda photelaid o win. Cododd Göring un ael yn chwilfrydig ar ôl gweld y botel o Romanee Conti yn ei law. Ysgydwodd Göring ei ben, doedd o ddim yn cofio archebu gwin mor ddrud.

'Gan y dyn ar y bwrdd nesaf, syr,' meddai'r gweinydd, gan gyfeirio at y dieithryn yn eistedd ar ei ben ei hun. Cododd Göring ei wydryn i gydnabod caredigrwydd y dyn.

'Pwy ydi o?' holodd.

'Dwn i ddim, Syr. Dyma ei ymweliad cyntaf â'r Horcher,' atebodd y gweinydd ar ôl tynnu corcyn y botel.

Torrodd Vaughan Henry ar eu traws gan sibrwd. 'Dwi'n ei nabod o. Twrist o Brydain ydi o – neb o bwys,' meddai mewn ymdrech i geisio tynnu sylw Göring 'nôl at eu sgwrs hollbwysig am arian.

'Cerwch i'w nôl o,' mynnodd Göring. 'Mae unrhyw ddyn sy'n prynu potel orau'r tŷ i mi yn haeddu cael gair o ddiolch yn bersonol.'

Er i'r fflôt o arian MI5 ym mhoced D.I. John gymryd yfflon o dolc, roedd hi'n ymddangos fod ei gynllun i anfon y gwin drud at Göring wedi talu ar ei ganfed. Wedi i D.I. John ymuno â'r bwrdd, arllwysodd Göring wydraid o win iddo. Doedd Vaughan Henry ddim mor groesawgar. Mwstrodd wên fach sych, ond roedd o'n berwi mewn tymer. Pwy oedd y clown yma'n ei feddwl oedd o? Roedd Vaughan Henry wedi bod yn paratoi am y cyfle prin hwn i drafod ei gynllun ers misoedd lawer.

Roedd D.I. John wedi gwneud ei waith cartref ar Göring a buan y gwyrodd y sgwrs at hoff bwnc Hermann Göring – sef fo ei hun. Soniodd am ei ddewrder fel peilot yn y Rhyfel Mawr. Wrth i Göring ymffrostio yn ei hanesion rhyfel roedd D.I. John wrthi'n ffurfio cynllun i ddwyn dogfen Vaughan Henry o'i boced. Arhosodd tan i Vaughan Henry fynd i'r tŷ bach cyn gweithredu. Tarodd wydryn o win coch dros Göring. Cododd yntau fel bollt o'i gadair ac aeth D.I. John yn syth ato i ymddiheuro ac i geisio sychu'r gwin coch oddi ar ei siaced wen. Gwelodd D.I. John y cyfle y bu'n aros amdano ers gweld y ddogfen yn newid dwylo. Sleifiodd ei law yn gelfydd a chyflym i'w boced a'i gipio; roedd y cyfan drosodd mewn eiliad.

Daeth Vaughan Henry yn ôl o'r tŷ bach a rhoi cerydd i D.I. John am ei letchwithdod. Daeth Otto Horcher o rywle a ffysian dros Göring. Gwelodd D.I. John ei gyfle i gilio o'r bwyty mewn cywilydd.

Pennod 48

Ar ôl gadael y bwyty dychwelodd D.I. John i'r Adlon. Gwyddai fod yn rhaid iddo ddarganfod dull o smyglo'r papur, oedd yn cynnwys cynllun Vaughan Henry yn ôl i Lundain, cyn i Hermann Göring ddarganfod ei fod wedi ei golli. Roedd cuddio'r ddogfen yn ei ystafell tan y byddent yn mynd adref yn opsiwn rhy beryglus. Diystyrodd hynny'n syth, ar ôl cofio mor drwyadl roedd yr Almaenwyr, yn enwedig petai Göring a Vaughan Henry yn dechrau amau nad twrist diniwed oedd o wedi'r cyfan. Ar ôl talu am y tacsi a cherdded i mewn i'r gwesty gwelodd Louise ac Ida Cook yn sgwrsio â'r derbynnydd. Roedd y ddwy yn dychwelyd allweddi eu hystafell.

'Piti mawr eich bod chi'n gorfod canslo gweddill eich arhosiad a siwrnai saff i chi 'nôl i Loegr. Gwellhad buan i'ch tad,' meddai'r derbynnydd.

Roedd hi'n amlwg bod y ddwy chwaer wrthi'n gweithredu eu cynllun. Gwisgai'r ddwy eu cotiau ffwr gan arddangos digon o emwaith i brynu tŷ bonheddig yn ardal Chelsea.

* * *

Am un o'r gloch y bore deffrodd D.I. John i sŵn traed y tu allan i'w ystafell. Rhuthrodd hanner dwsin o filwyr i mewn i'w ystafell gan weiddi'n uchel a phwyntio eu gynnau.

'Steh auf, Engländer. Steh auf, Engländer.'

Neidiodd D.I. John o'i wely a rhoi ei ddwylo ar ei ben yn ufudd. Daeth uwch swyddog ato a mynnu gweld ei basbort; gwagiodd un ohonynt ei gês yn bentwr ar y llawr a chicio'r cynnwys i bob cyfeiriad. Aeth y milwyr eraill ati fel corwynt drwy'r ystafell gan chwilio ym mhob twll a chornel. Ar ôl troi'r lle ben i waered, galwodd yr uwch swyddog arnynt i stopio.

'Das ist genug, das ist genug'.

Dychwelodd yr uwch swyddog ei basbort iddo.

'*Apologies for the inconvenience*, Mr John,' meddai mewn Saesneg perffaith.

Caeodd y milwr ddrws yr ystafell ar ei ôl ac anadlodd D.I. John anadl ddofn o ryddhad. Yna, clywodd leisiau y tu allan. Aeth i sbecian drwy'r twll sbïo yn y drws a gweld yr uwch swyddog a Vaughan Henry yn y coridor. Ysgydwodd y milwr ei ben.

'*He doesn't have it. Hermann Göring must have lost it.*'

Ar ôl i'r milwr adael, safodd Vaughan Henry yn y coridor yn syllu'n ddrwgdybus ar ddrws caeëdig D.I. John. Roedd y milwr yn llygad ei le, gan fod cynllun Vaughan Henry i fradychu ei wlad ym meddiant Ida Cook ac yn hedfan hanner ffordd ar draws Ewrop erbyn hynny. Fel teithwyr ar docyn dosbarth cyntaf roedd y chwiorydd wedi cael blaenoriaeth a siwrnai hawdd drwy'r maes awyr. Cyn hir, byddai'r awyren Halifax yn glanio ym Maes Awyr Croydon. Roedd Ida wedi cytuno i roi'r ddogfen yn nwylo Maxwell Knight MI5 y cyfle cyntaf a gâi.

Pennod 49
Awst 23

Ychydig ddyddiau wedi'r noson yn yr Horcher, roedd y bws yn ôl yn Llundain a'r twristiaid blinedig yn dechrau casglu eu heiddo cyn ymadael. Yn dilyn traddodiad, roedd rhywun wedi pasio cap stabl o gwmpas y bws i gasglu i'r gyrrwr a chanodd pawb *For she's a jolly good fellow* i Molly Hiscox i ddiolch iddi am drefnu'r trip. Roedd Vaughan Henry wedi bod yn dawel a heb ddweud fawr ddim wrth neb yr holl ffordd adref o Berlin. Eisteddai D.I. John yn un o'r seddi cefn a doedd dim gair wedi bod rhyngddynt ers y pryd bwyd hwnnw yn yr Horcher. Roedd hi'n amlwg bod Vaughan Henry yn cael trafferth maddau iddo am ei feiddgarwch, yn dod i'r bwyty a sathru ar ei gyrn.

Cerddodd Molly Hiscox ar hyd y bws yn diolch i bawb gan eu hatgoffa am rywbeth arbennig roedd hi wedi ei drefnu.

'*Don' t forget my sticking party on Thursday night.*'

Y *sticking party*, chwedl Molly Hiscox, oedd noson pan fyddai rhai o aelodau'r Right Club yn mynd allan a rhoi sticeri o gwmpas y ddinas ac arnynt sloganau gwrth Iddewig. Yn y tywyllwch, byddent yn rhoi'r sticeri ar orsafoedd bysus, toiledau cyhoeddus, blychau ffôn a blychau post. Mewn cyferbyniad llwyr i wrthryfel gwaedlyd Vaughan Henry, roedd rhywbeth naïf a phlentynnaidd yn perthyn i'r fath weithredu.

Ar ôl i'r bws stopio y tu allan i'r Russian Tea Rooms, arhosodd D.I. John yn ei sedd gan adael i weddill y teithwyr ymadael yn gyntaf. Gwelodd gar mawr du wedi ei barcio gerllaw ac ynddo dri o ddynion mewn siwtiau. Camodd Vaughan Henry o'r bws, casglu ei fag ac edrych o'i gwmpas am dacsi. Agorodd drysau'r car mawr tywyll a daeth tri gŵr allan; Max o MI5 oedd un ohonynt. Gwyliodd D.I. John y cyfan o sedd gefn y bws. Doedd o ddim yn gallu clywed y lleisiau, ond gallai ddychmygu'r sgwrs. Safodd y tri gŵr o flaen Vaughan Henry tra bu Max yn egluro eu bod yn ei arestio o dan Rheoliad Amddiffyn 18b.

Byddai D.I. John wedi talu pres da drosodd a throsodd, er mwyn gallu gweld ymateb Vaughan Henry wedi iddo gael ei arestio. Dechreuodd brotestio. Yn flin i gychwyn ac yna'n ddagreuol. Ond rhoddwyd y cyffion am ei ddwylo a'i gludo i wynebu ei dynged. Ar ôl rhoi Vaughan Henry yn ddiogel yn y car, edrychodd Max draw at D.I. John. Cyfarfu llygaid y ddau am eiliad, cyn i'r car yrru i ffwrdd.

Ar yr un pryd, ar draws y wlad digwyddodd cyrchoedd eraill o dan Reoliad Amddiffyn 18b. Roedd 18b yn rhoi'r grym i'r awdurdodau arestio unrhyw berson a ddrwgdybid o beryglu diogelwch cenedlaethol. Rhwydwyd criw mawr o fradwyr ac yn eu plith roedd Tomos James, ficer Penmynydd. Welodd Penmynydd erioed y fath ddrama pan laniodd swyddogion MI5 i'w arestio o flaen ei gynulleidfa mewn gwasanaeth yn yr eglwys.

Ar ôl i'r bws wagio. cododd D.I. John ei fag, cerddodd yr ychydig lathenni at y tiwb, aeth i lawr y grisiau a throi am adref.

Pennod 50

Ar y bore Llun canlynol, cerddai D.I. Parry ar hyd coridorau llwm gorsaf Caergybi, gan gyrraedd drws y swyddfa roedd o'n ei rhannu gyda gweddill yr heddweision. Oedodd wrth y drws am funud i nyrsio ei law ar ôl ei niweidio yn nhŷ Jean Williams. Doedd ei ymweliad â Jean Williams ddim wedi bod yn llwyddiannus o gwbl. Roedd achos llys Peredur Parry ar fin agor a phenderfynodd alw heibio i'w gweld a chynnig ychydig o gefnogaeth.

Roedd Jean ar bigau'r drain yr eiliad y clywodd hi sŵn ei gar y tu allan. Suddodd ei chalon, gan y gwyddai'n iawn pwy oedd yno. Dim ond D.I. Parry fyddai'n ddigon hy i alw heibio iddi mor hwyr y nos. Ar ôl diflaniad Elin, roedd hi'n gwerthfawrogi ambell ymweliad, ond ers yr angladd byddai o'n galw'n gyson ac roedd Jean bellach wedi cael llond bol ar yr holl ymweliadau.

Ar ôl cnocio, safodd D.I. Parry ar stepen y drws yn dal tusw o flodau fel petai ganddo ryw hawl ddwyfol i alw ar unrhyw awr o'r dydd. Agorodd Jean gil y drws a dweud wrtho ei bod hi wedi blino.

'Peidiwch â phoeni, wna i ddim aros yn hir,' atebodd yn benderfynol.

Anesmwythodd Jean, ond o rywle, mwstrodd ddigon o nerth i ddweud ei meddwl wrtho.

'Na, dwi ddim isho eich cwmni chi heno. A dweud y gwir, mi faswn i'n llawer hapusach, pe na fasech chi'n galw i 'ngweld i eto,' dwedodd wrtho'n blaen.

Syllodd D.I. Parry yn gegrwth arni. Oedd o wedi ei chlywed hi'n iawn? Beth ddaeth drosti! Ar ôl pob dim roedd o wedi ei wneud drosti?

Ceisiodd Jean gau'r drws ond doedd D.I. Parry ddim am ildio. Ar ôl eiliad neu ddwy o wthio a thynnu caeodd y drws yn glep ar fysedd D.I. Parry. Daeth cwmwl coch o boen drosto ac yn ei dymer lluchiodd y tusw o flodau dros y clawdd.

Cyn mynd i mewn i'r swyddfa, edrychodd D.I. Parry drwy'r ffenest a gweld pawb yn eistedd o amgylch D.I. John ac yn chwerthin ar un o'i jôcs. Gwthiodd D.I. Parry ei frest allan, wrth agor y drws â'i law chwith, gan guddio'r anaf ar ei law dde tu ôl i'w gefn. Tawelodd y chwerthin yn syth.

'Unrhyw newyddion, neu negeseuon i mi?' holodd yn swta. Ysgydwodd y Sarjant ei ben.

'Mae gen i neges i chdi,' meddai D.I. John gan godi dau fys arno.

Clôdd llygaid y ddau mewn eiliad o gasineb pur.

'Reit, mae gen i gyhoeddiad i'w wneud,' meddai D.I. Parry yn ymladd i gael dweud ei ddweud dros sŵn y chwerthin.

'Dwi a'r Prif Gwnstabl yn mynd i gynhadledd. Mi fydda i i ffwrdd am gwpwl o ddyddia. Ond os bydd rhywbeth o bwys yn codi, rhowch wybod i mi.'

Yn syth ar ôl i D.I. Parry fynd o'r golwg, daeth y Sarjant at ddesg D.I. John gyda nodyn iddo.

'Rŵan, gan fod D.I. Parry wedi mynd i'r Gynhadledd efo'r Prif, ro'n i'n meddwl y basa chi eisia gwybod 'y mod i wedi darganfod y nodyn yma ar ddesg D.I. Parry.

Pasiodd y darn papur i D.I. John:

June First. Mary Lee, gypsy from Marchynys farmland, Penmynydd, claims a stranger trïed to kidnap her daughter.

Crychodd D.I. John ei wyneb mewn penbleth.

'Pam na wna'th D.I. Parry ddim ymchwilio'r mater hwn?' holodd.

Cododd y Sarjant ei ysgwyddau'n ddi-glem cyn cynnig esboniad. 'Achos ei fod o'n gwrthod credu gair y sipsiwn, siŵr o fod. Mae o'n meddwl mai celwyddgwn anfoesol ydyn nhw i gyd.'

Pan gyrhaeddodd D.I. John gyrion fferm Marchynys, gwelodd ddwy garafán sipsi ar y tir. Parciodd wrth y lôn a phigo ei ffordd drwy'r cae gan geisio osgoi'r dom ceffyl. Roedd y ceffylau yn pori'n hamddenol gerllaw a thri o blant bach yn chwarae y tu allan. Daeth gwraig, tua deugain oed, a chanddi wallt du a siòl am ei hysgwyddau i'w gyfarch.

'Polis 'da chi, ia? Hen bryd.'

Ymddiheurodd D.I. John am yr oedi, gan ychwanegu, 'Gwell hwyr na hwyrach.'

'Dewch i mewn i'r garafán. Mi wna i nôl y ferch.'

Yn y garafán, daeth Mary â phaned iddo, yna gweiddodd ar dop ei llais.

'Ruby!'

Mewn llai na munud clywodd D.I. John sŵn traed Ruby yn dringo'r stepiau pren a dod i mewn i'r garafán. Agorodd y llen sidan a daeth merch ifanc, ofnus yr olwg, i mewn ac eistedd wrth ymyl ei mam.

'Dwed wrth y dyn 'ma yn union be ti'n gofio.'

'Y cyntaf o Fehefin oedd hi. Mi oeddwn i'n cerdded ychydig tu allan i bentref Rhoscefnhir wedi iddi nosi. Mi sylwais ar fan wedi ei pharcio wrth ochr y lôn. Dechreuais gerdded heibio iddi, ond wrth i mi basio agorodd drws y fan a daeth rhywun allan a gafael yn fy mraich. Mi oedd ei freichiau mor gryf, fel na fedrwn ddianc o'i afael.'

Edrychodd y ferch ar ei mam yn ansicr a gwenodd hithau. 'Caria mlaen, cariad, ma pob dim yn iawn.'

'Llusgodd fi at gefn y cerbyd ac agor un o'r drysau a dyna pryd 'nes i ddianc. 'Nes i gicio'r drws mor galed yn erbyn ei fraich nes collodd ei afael arna i. Rhedais ar draws y lôn a dringo'r wal. 'Nes i ddim stopio rhedeg tan 'mod i adra.'

'Welsoch chi wyneb y dyn? 'Dach chi'n cofio unrhyw beth amdano?'

'Naddo, mi roedd o'n cydio yno fi o'r tu ôl drwy'r amser.'

'Beth am y cerbyd? 'Da chi'n cofio unrhyw fanylion?'

'Nac ydw, sori. 'O ni 'di cael cymaint o ofn.'

Gwenodd D.I. John.

'Peidiwch ag ymddiheuro. Mi fuoch chi'n ferch ddewr iawn yn fodlon ymladd yn ei erbyn. Diolch am roi'r wybodaeth i ni.'

Pennod 51

Ar ôl ffarwelio â'r ddwy, teithiodd D.I. John rhyw gwta filltir i bentref Penmynydd a pharciodd o flaen Capel Gilead; eisteddodd mewn distawrwydd am funud a smocio sigarét – roedd o angen amser i hel ei feddyliau.

Tynnodd ei lyfr nodiadau o'i boced a bodio'r tudalennau i ddarllen unwaith eto am yr ymosodiadau niferus a fu yn y pentref. Ar y cyntaf o Fehefin, cafwyd ymosodiad ar Ruby, merch y sipsiwn. Yna, ar yr ail roedd gwraig leol wedi honni bod rhywun wedi ei dilyn hi adref. Ar y pedwerydd o Fehefin diflannodd Elin Williams ac ychydig wythnosau wedi hynny cipiwyd Sian, y forwyn.

Er bod ei synnwyr cyffredin yn dweud wrtho mai gwaith un dyn oedd yr ymosodiadau hyn, eto doedd ganddo ddim tystiolaeth i'w arwain at yr un oedd yn gyfrifol – dieithryn llwyr, neu ddyn lleol yn celu cyfrinach dywyll? Tybed oedd rhyw ddigwyddiad trawmatig wedi bod ym mywyd personol un o ddynion yr ardal? Digwyddiad oedd yn ddigon difrifol nes gyrru rhywun i ladd?

Yn y tawelwch crwydrodd llygaid D.I. John at gapel Gilead gerllaw ac yna at y Tŷ capel bach drws nesaf. Roedd pobol y Tŷ Capel yn gwybod busnes pawb, felly aeth D.I. John draw a churo ar y drws. Roedd Mrs Jones Tŷ Capel yn falch iawn o gael ei gwmni.

'O'n i wedi sylwi arnoch chi'n eistedd yn y Police Car y tu allan. Mi o'n i bron iawn dod â phaned o de allan i chi. Dowch drwodd i'r parlwr.'

Pwten fach brysur oedd Mrs Jones, y teip a fyddai'n mwynhau gweini ar eraill, ond a wrthodai eistedd ei hun. Cariodd deisen a phaned o de i D.I. John ac yna aeth ati i roi matsien i gychwyn tân, er ei bod hi'n dal yn fis Awst ac felly, nad oedd angen gwresogi'r ystafell mewn gwirionedd.

'Sut medra i eich helpu chi heddiw, Inspector?' Holodd.

'Dwi'n gwneud ymholiadau rŵtin. Fedrwch chi helpu drwy feddwl am unrhyw ddigwyddiadau lleol a hynny o gwmpas adeg diwedd Mai eleni? Unrhyw ddigwyddiad swyddogol neu bersonol, unrhyw beth o gwbl a dweud y gwir?'

'Arhoswch chi am funud, 'na i nôl Dyddiadur y Capel.'

Daeth Mrs Jones yn ôl gyda llyfr go fawr a'i agor.

'Doedd 'na ddim llawer yn digwydd. Dim ond ambell beth – Cymanfa Ganu ar Fai y 5ed, Dosbarth Nos ar y 9fed. Paentio y tu allan i'r Capel. Wedyn, mi fu'n rhaid i mi adael pob dim a mynd i helpu Verdun y pobydd, gan 'i fod o mewn dipyn o stad ar y pryd. Mae o'n perthyn o bell, 'da chi'n gweld. Ar y pryd, roedd o angen help llaw efo'r bara, yn ogystal â rhywun i godi ei ysbryd, gan ei fod o'n teimlo mor isel.'

Mewn fflach taniodd chwilfrydedd D.I. John.

'Fedrwch chi egluro pam roedd Verdun mewn stad?'

'Sylvia, ei gariad wnaeth orffen eu perthynas. Mi oedd y ddau wedi dyweddïo a phob dim yn barod am y briodas. Er, doeddwn i ddim yn synnu chwaith, hen beth ifanc penchwiban yw hi – bron ugain mlynedd yn iau na fo! Mi oedd o wedi torri ei galon, cofiwch.'

'Ble'n union mae Verdun yn byw? Fedrwch chi roi'r cyfeiriad?'

Chwarddodd Mrs Jones yn uchel.

'Mewn lle anghysbell iawn – mi fydd angen map arnoch chi i ddod o hyd i'w gartra.'

* * *

Safai becws Maes y Brain yn un o ardaloedd mwyaf anghysbell Penmynydd. Gyda chloddiau uchel a thrwchus yn cau am y lôn, byddai rhai ymwelwyr diarth yn methu'n lan â ffeindio'r lle. Yn reit aml, derbyniai Verdun, alwadau ffôn o'r blwch cyhoeddus yn y pentref, wrth i ymwelwyr fethu dod o hyd i'w gartref.

Eisteddai Verdun yn y parlwr yn darllen y papur newydd a sbectol ddarllen ar flaen ei drwyn. Clywodd sŵn car yn nesáu. Edrychodd allan a gweld car diarth yn parcio ar y buarth wrth ymyl ei fan fara. Crafodd ei ben. Anaml iawn y byddai unrhyw un yn galw heb ffonio. Gwelodd D.I. John yn dod allan o'r car ac yn cerdded o amgylch ei fan fara gan edrych i mewn drwy'r ffenest.

Agorodd Verdun ddrws y tŷ a galw arno.

'Prynhawn da. Sut galla i 'ych helpu chi?'

'Mae'n ddrwg gen i os dwi'n galw'n ddirybudd,' meddai D.I. John.

'Mae pob dim yn iawn. Dewch i mewn. Gymerwch chi banad?'

Wedi camu dros y trothwy, tarodd ei olygon o amgylch yr ystafell.

"Da chi'n byw yma ar eich pen eich hun, Verdun?'

'Yndw. Mae hi braidd yn ynysig ar adega, ond dwi wedi arfar. Sut 'da chi'n cymryd eich te?'

'Llefrith, dim siwgr, diolch.'

Aeth Verdun i'r gegin i wneud te a thorri darn o deisen.

'Sut medra i fod o gymorth i chi, Inspector?' holodd ar ôl dychwelyd i'r lolfa gyda'r baned.

Tynnodd D.I. John ei lyfr nodiadau o'i boced.

'Dim ond ambell gwestiwn sydd gen i.'

'Wrth gwrs. Be hoffech chi wybod?'

'Mae gen i gwestiwn am y fan fara tu allan. Sylwais fod rhaffau yn y cefn. Pam 'da chi'n 'u cario nhw?'

Roedd D.I. John yn cofio geiriau'r pathologydd yn y mortiwari wedi iddo archwilio corff Elin Williams:

'Her hands have been tied with a strong thin rope made of natural hemp.'

Gwenodd Verdun. 'Cwestiwn digon hawdd i'w ateb. 'Weithiau bydda i'n cario dodrefn yn y fan ac mae angen rhaff i'w clymu nhw.'

'Dwi'n gweld. 'Da chi'n meindio os dwi'n mynd â'r darn rhaff 'na efo mi? Dim ond rŵtin!'

Yn sydyn, diflannodd gwên Verdun.

'A dweud y gwir, mi fydd angen i ni fynd â'r fan fara oddi yma hefyd,' ychwanegodd.

Gwelodd wyneb Verdun ac ar ôl ychydig eiliadau o dawelwch ysgydwodd ei ben mewn protest.

'Fedrwch chi ddim mynd â'r fan fara yn ddirybudd fel yna! Cofiwch fod gen i rownd fara – dwi 'nôl a 'mlaen drwy'r dydd. Mae pawb yn disgwyl eu bara yn ddyddiol!'

Ysgydwodd D.I. John ei ben yn bendant. 'Na, mi fydd yn rhaid i mi fynd â hi heddiw. Ymddiheuriadau!'

Cododd Verdun ei lais. 'Dwi'n trio rhedag busnes! Mae colli defnydd y fan yn gwneud hynny'n amhosib.'

Diystyrodd D.I. John ei gŵyn. ''Da chi'n dweud eich bod chi ar y lôn bob dydd. Fedrwch chi gadarnhau ble roeddech chi ar y pedwerydd o Fehefin, yn y prynhawn?'

Dan brotest gwisgodd Verdun ei sbectol ddarllen a throdd at ei ddyddiadur mawr a gadwai wrth y ffôn. Trodd at y dudalen berthnasol.

'Yn ôl hwn, Jason y gwas wnaeth y rownd fara ar y pedwerydd.'

'Ers pryd mae gynnoch chi was?'

'Ers dros flwyddyn, bellach. Wel prentis ydi o, yn hytrach na gwas. Mae o'n byw yn y bwthyn bach ar y buarth.'

Aeth Verdun at ffenestr y gegin, agorodd y llenni a dangos y bwthyn bach gyferbyn.

'Ydi o adra? Oes modd cael sgwrs efo fo?'

'Yndi, dwi'n meddwl ei fod o. Mi roedd o y tu allan i'r bwthyn ychydig yn ôl yn hollti coed. Mi af â chi draw ato.'

Arweiniodd Verdun y ffordd ar draws y buarth. O flaen y bwthyn roedd rhywun wedi gadael pentwr o goed.

'Mae'n rhaid ei fod o wedi rhoi'r gorau i dorri coed a mynd i mewn i'r bwthyn am banad.'

Agorodd Verdun ddrws y bwthyn a gwahodd D.I. John i fynd i mewn gyntaf. 'Ar eich ôl chi.'

O'r arogl tamp a darodd ei drwyn wrth gerdded i mewn, gwyddai D.I. John ei fod wedi gwneud camgymeriad mawr. Roedd o wedi cwympo i mewn i'r trap mor hawdd. Doedd neb yn byw yn y bwthyn. Doedd 'na ddim gwas o'r enw Jason yno, chwaith. Roedd o newydd wneud camgymeriad mwyaf ei fywyd, sef troi ei gefn ar ddyn oedd dan amheuaeth. Torri un o reolau pwysicaf plismona; gwneud yn siŵr na fyddai byth yn ildio ei fantais.

Cipiodd olwg sydyn y tu ôl iddo a gweld Verdun yn anelu darn o bren praff at ei ben. Aeth popeth yn ddu.

* * *

Pan ddeffrodd D.I. John teimlai fel petai ei ben bron â ffrwydro. Ei reddf yn unig achubodd o gan iddo godi ei fraich a llwyddo i warchod ei hun rhag difrod angheuol.

Cododd yn araf ar ei draed. Edrychodd draw at y tŷ, ond doedd dim sôn am Verdun na'i fan fara. Trodd i weld adlewyrchiad ohono'i hun yn ffenest y bwthyn. Roedd golwg y diawl arno a'r gwaed o'r anaf ar ochr ei ben wedi llifo i lawr, a thros ei ddillad.

Llwyddodd i sythu ei gorff. Yna, sylwodd fod drws dirgel yn y panel pren gyferbyn. Roedd y drws yn gil agored. Agorodd DI John y drws trwm gydag ochenaid ddolefus. Ar ôl i'w lygaid gynefino â'r golau gwan gwelodd y gawell wag yn y gornel a'r cadwyni ar y llawr. Doedd dim amheuaeth mai dyma le cawsai Sian ei chaethiwo. Roedd Verdun wedi ei heglu hi a mynd â'r ferch efo fo.

Wrth gerdded yn ôl at ei gar, gwibiodd llygaid D.I. John i bob cyfeiriad rhag ofn bod ei ymosodwr yn llechu yn rhywle, ond daeth hi'n amlwg ei fod o wedi hen ddianc. Ffoniodd y swyddfa yng Nghaergybi gyda'i newyddion am Verdun ac yna gyrrodd i gyfeiriad Ysbyty Bangor er mwyn cael triniaeth frys i'r archoll yn ei ben.

Pennod 52

'Wythnos o orffwys. Dwi ddim eisiau 'ych gweld chi tan i chi ddod atoch eich hun a'ch bod wedi tynnu'r pwythau yn 'ych pen, D.I. John. Mi fydda i a D.I. Parry yn gyfrifol am bob dim rŵan. A'r tro nesa 'da chi'n amau rhywun fel hyn, rhowch wybod i mi, yn lle rhuthro i mewn ar eich pen eich hunan.'

Dyna oedd geiriau'r Prif Gwnstabl pan geisiodd D.I. John ddychwelyd i'w waith.

Symudodd popeth yn sydyn wedi'r ymosodiad ar D.I. John. Daethpwyd o hyd i ddillad ysgol Elin Williams yng nghartref Verdun a drafftiwyd heddweision o Siroedd Conwy a Chaernarfon i mewn i roi cymorth i'r swyddfa leol wrth ymchwilio. Er iddo ufuddhau i orchymyn ei bennaeth i fynd adref i orffwys doedd gan D.I. John ddim bwriad aros yno.

I ble roedd Verdun wedi mynd â Sian? Yn ôl yr hyn roedd D.I. John yn ei ddeall, bwriad y Prif Gwnstabl oedd canolbwyntio ar chwilio amdanynt yn ardal Caergybi rhag ofn bod Verdun yn bwriadu sleifio ar gwch i Iwerddon. Taniodd injan ei gar a gyrru i gyfeiriad Becws Maes y Brain. Er mai dianc i Iwerddon a wnâi y rhan fwyaf o'r dihirod lleol, credai D.I. John fod Verdun yn cuddio yn yr ardal. Nid un o'r troseddwyr cyffredin mohono – roedd grymoedd llawer tywyllach ar waith yma.

Pan gyrhaeddodd gartref Verdun sylwodd mai dim ond un heddwas oedd yn gwarchod y lle a thrwy lwc, roedd o'n ei nabod yn dda iawn. Roedd PC Alun Mann yn un o'r heddweision mwyaf cyfeillgar. Parciodd o flaen y tŷ a daeth yr heddwas ifanc allan i'w gyfarch.

'Sut wyt ti, Alun? Dwi angen mynd i mewn i'r tŷ am funud.'

'Does neb fod fynd i mewn, Syr. Dim hyd yn oed chi. Ymddiheuriadau. Dyna'r ordors.'

'Tyrd 'mlaen, dwi wedi gadael 'yn leitar ar y bwrdd. Dim ond pum munud fydda i, Alun. Mi oedd o'n anrheg Nadolig gan Mam.'

Ochneidiodd yr heddwas yn dawel cyn cytuno.

'Diolch! Fydda i fawr o dro,' meddai gan roi ei law ar ysgwydd yr heddwas ifanc wrth basio.

Yn y tŷ roedd popeth yn union fel roedd o'n ei gofio. Canolbwynt yr ystafell fyw oedd y dresel mawr yn llawn dop o lestri. Porodd dros y silffoedd ac agorodd bob drôr wrth chwilio am gliwiau posib. Yng nghanol y papurach wrth y ffôn gwelodd lyfr blêr yr olwg gyda'r geiriau *Bread Orders* arno. Agorodd y llyfr. Roedd y cyfrifon yn rhestru enw pob cwsmer a'u harchebion. Chwiliodd D.I. John am yr archebion diweddaraf a rhedodd ei fys i lawr y rhestr. Daeth ei fys i orffwys ar enw *Mrs Grey, Tyddyn Nant yr Hebog.* Roedd Verdun wedi ysgrifennu *On Holiday all month* gyferbyn â'i henw.

Clywodd D.I. John sŵn injan car. Edrychodd drwy ffenest y wal drwchus a gweld cerbyd yr heddlu yn nesáu at y tŷ. Amser gadael. Gosododd y llyfr archebion yn ôl wrth y ffôn ac estyn ei leitar o'i boced. Ar y ffordd allan chwifiodd y leitar o dan drwyn yr heddwas ifanc a gwenu'n ddiolchgar.

'Diolch mêt. W't ti'n gwybod lle mae Tyddyn Nant yr Hebog?'

'Pwyntiodd yr heddwas at ardal greigiog i'r gorllewin.'

Pennod 53

Gyrrodd D.I. John i gyfeiriad y tyddyn a buan y trodd y lôn droellog yn drac trol. Ymhen rhyw chwarter milltir, ymysg y defaid a'r eithin melyn, safai'r tyddyn – lle diarffordd go iawn meddyliodd wrth ddiffodd yr injan. Cerddodd i gyfeiriad y bwthyn unig; ar yr olwg gyntaf doedd dim amheus i'w weld yno, a heblaw am sŵn ambell ddafad, roedd pobman yn hollol dawel. Ond eto, doedd rhywbeth ddim yn iawn – roedd hi'n rhy dawel ac wrth nesáu dychmygodd D.I. John fod rhywun yn gwylio pob symudiad a wnâi. Gwibiodd ei feddwl at y posibilrwydd y byddai gan Verdun arf. Roedd digon ohonynt yng nghefn gwlad. Rhwng gynau hela'r ffermwyr ac arfau hen filwyr o'r Rhyfel Mawr. Aeth ei law yn reddfol i'w boced chwith i deimlo siâp cyfarwydd ei bistol.

Ar ôl cyrraedd y bwthyn, stopiodd am funud i glustfeinio. Dawnsiai'r glaswellt o flaen y tŷ yn yr awel a gwelai'r cymylau gwyn yn cael eu hadlewyrchu yn y ffenestri. Yna, clywodd sŵn rhywun neu rywbeth yn nesáu ar frys. Chwipiodd ei bistol o'i boced yn barod. Daeth gafr fach brysur rownd talcen y tŷ a'r gloch am ei gwddf yn cloncian wrth iddi drotian heibio. Anadlodd anadl hir o ryddhad a rhoi ei wn 'nôl yn ei boced.

Aeth at ddrws y bwthyn a throi'r ddolen. Gyda gwich gwynfanllyd agorodd y drws. Gan nad oedd y drws wedi ei gloi dychmygai D.I. John fod Mrs Grey, y perchennog, naill ai wedi bod yn hynod esgeulus, neu fod rhywun yn gwybod ble roedd hi'n cuddio ei goriad sbâr.

Byddai bron pawb yn yr ardal yn cuddio un o dan y potyn blodau, neu yn y lander uwchben y drws. Troediodd yn ysgafn i mewn gan drio osgoi gwneud unrhyw sŵn. Llanwyd ei ffroenau ag arogl mawn, er nad oedd unrhyw olwg o dân. Roedd llenni'r ystafell wedi cau. Yn yr ystafell syml roedd bwrdd a chadeiriau cegin a dwy gadair freichiau wrth yr aelwyd ac o'r ystafell codai grisiau pren at y llofft grog uwchben. Caeodd y drws y tu ôl iddo. Yn y golau gwan edrychodd o gwmpas yr ystafell. Roedd pobman yn dawel. Doedd neb yno.

    Yn sydyn, clywodd sŵn ci yn cyfarth y tu allan. Aeth at y ffenest a sbecian drwy'r llenni. Yn y pellter, gwelodd ddau heddwas yn dod allan o gar a cherdded i gyfeiriad y bwthyn gyda chi ar dennyn yn arwain y ffordd. Rhaid bod y PC ifanc wedi dweud wrthynt iddo holi am gyfarwyddiadau i'r bwthyn unig hwn. Trodd 'nôl at yr olygfa o'i flaen a tharodd ei lygaid ar rywbeth ar y llawr cerrig. Penliniodd ac yno gwelodd weddillion pot blodau wedi chwalu yn deilchion.

    Cododd ac ystwythodd ei gorff. Efallai fod y perchennog wedi ei dorri ar ddamwain cyn gadael. Neu, a oedd Sian wedi cael ei llusgo drwy'r bwthyn ac wedi llwyddo i gicio'r bwrdd lle safai'r potyn wrth fynd heibio? Cododd D.I. John ei lygaid tua'r llofft grog uwchben. Rhedai ias oer i lawr ei gefn wrth ddychmygu'r olygfa allasai fod yn aros amdano yn y fan honno. Tybed oedd o'n rhy hwyr? Yn araf, trodd i gyfeiriad y grisiau. Stopiodd pan deimlodd rhywbeth yn crensian o dan ei esgid. Ar yr un pryd teimlodd awel ysgafn ar ei rudd. Roedd y ffenest wrth droed y grisiau wedi chwalu. Dychmygodd y frwydr fu rhyngddynt wrth droed y grisiau. Tybed oedd hi wedi ymladd a thorri'r ffenest â'i phenelin?

Ar stepen gyntaf y grisiau pren, darganfu ddiferion o waed. Cylch o waed oedd yn dal yn wlyb yn y canol. Gwaed pwy, tybed? Llamodd ei galon guriad pan welodd beth oedd yn gorwedd ar y stepen nesaf. Darn o wydr tua chwe modfedd o hyd a gwaed ar ei bigyn. Oedd Sian wedi llwyddo i'w drywanu gyda'r darn gwydr? Neu ai Verdun oedd wedi dial arni hi? Dilynodd lwybr y gwaed i fyny'r grisiau. Ar dop y grisiau gwelodd ddrws yn gilagored. Tynnodd ei bistol o'i boced a gwthiodd y drws, gan ei agor yn araf a gofalus.

Daeth wyneb yn wyneb â chorff marw Verdun yn gorwedd yn llonydd mewn pwll o waed a llafn o wydr wedi ei gladdu yn ei wddf. Clywodd lais eiddil yn galw. Yng nghornel yr ystafell roedd Sian wedi gwthio ei hun yn dynn ato, yn un belen ofnus. Yna, clywodd sŵn traed yr heddlu yn crensian ar y cerrig mân y tu allan.

Pennod 54

Edrychodd D.I. John i mewn ym mŵt ei gar i wneud yn siŵr bod yr holl offer angenrheidiol ganddo am y penwythnos. Roedd hi'n fore Sadwrn a bwriadai gerdded i ben yr Wyddfa ar hyd llwybr y Grib Goch. Wedi'r holl helynt, trefnodd ddihangfa – yng ngwesty Pen y Gwryd. Ei obaith oedd mynydda yn ystod y dydd a threulio gweddill yr amser yn hel straeon ac yfed efo rhai o'i hen gyfeillion dringo yn y bar.

Roedd Peredur Parry nôl wrth ei waith yn y BBC – a phob cyhuddiad yn ei erbyn wedi eu diddymu ers darganfod mai Verdun oedd y llofrudd. O ran Sian y forwyn, roedd hi wedi dod ati hi ei hun yn eithaf da ac wedi cael cynnig lle gyda'i ffrind, Eleri ar fferm Llwyncelyn. Llyncodd D.I. John lond ysgyfaint o awyr iach a syllu ar yr haul uwchben, fel petai o'n cyfarch hen ffrind oedd wedi dychwelyd ar ôl cyfnod maith. Ac yntau ar fin gadael, clywodd sŵn cwynfanllyd injan yn nesáu. Daeth bws y pentref ar hyd y lôn a stopio o flaen ei dŷ. Neidiodd Eleri a Sian allan gan wenu.

"Da chi'n mynd i rywle neis?' holodd Sian wedi iddi sylwi nad oedd yr heddwas yn gwisgo ei siwt arferol.

'Penwythnos yn y mynyddoedd, dyna i gyd.'

'Braf iawn. Ces eich cyfeiriad yn y llyfr ffôn. Mae Eleri a finna yn mynd i lan y môr. 'Da chi am ddod i efo ni?'

Wrth gau bŵt y car yn araf diawliodd D.I. John dan ei wynt am gael ei roi yn y fath dwll. Sut roedd dyn fod dewis, rhwng cwmni hen ddringwyr barfog a chwmni dwy ferch ifanc, oedd yn bwriadu mwynhau eu hunain ar draethau aur Rhosneigr?

Nodiadau i'r darllenydd

Er mai ffuglen yw'r nofel a ffrwyth dychymyg yw gweithredoedd D.I. John, mae hanes Margaret Glyn o Ewell, Vaughan Henry a Maxwell Knight yn seiliedig ar ffeithiau hanesyddol. Ceir hanes cysylltiadau Natsïaidd Vaughan Henry yn y llyfr *Hitler's British Traitors* gan *Tim Tate* ac yn ffeil cyfeirnod TS/27/533 - yn yr Archif Cenedlaethol yng Ngerddi Kew.